魔以

陳淑瑤

目次

第一章

揮單

「金川銀川……穿金戴銀……」

海堤灰的水泥天空一直沉落來，小村莊像個舉重選手顫抖後將它舉起，挺住，挺久了手灌漿，身體變成石人，重骷骷，烏趖趖，眼睛看不見，頭殼內底剩一塊還濕軟，聽著外口有一個人愈喝愈大聲，狗愈吠愈大聲。

「穿金戴銀……金川銀川……」

是她的名，撕得碎碎的，還聽得出，使她自虛脫中活過來的是，她聽到這個名字被正邊叫過來反邊叫過去，在頭腦變成一塊鐵土時落一陣雨，叫她醒過來，爬出來。

陳淑這樣子叫她，把名字顛倒過來，不叫到人不罷休。她國中畢業出外賺錢，寫一封信回家鄉，這輩子唯一一封自願寫的信她當然記得，寫得很做作，陳淑用小楷回信，一筆一畫砌出美麗的字朵，房東太太拿在手上說：你爸爸寫信來了。陳淑從小負責代表班上參加書法比賽，她說現在她們商科的人要贏普通科不容易，她每天要練三百個毛筆字。

出門時她逐顆摸索身上的鈕扣，摸到硬硬的圓圓的才放心，她沒去打開院門，對探出頭來的陳淑指院子前面。墨鏡架在一頭洋娃娃金髮上陳淑走到另一扇較低矮的側門，又扭過頭來尋問。她手臂呈四十五度角又指了一遍。

她從院埕踩落土地，摸到扣眼鬆了，一顆鈕扣掉掉的。她找著一根草莖，用它環繞鈕扣，穿過扣眼，打兩個結。陳淑說，你是我看過最保守的人，你乾脆穿套頭的衣服就好了啊。只有陳淑注意到，她僅穿開釦的衣。她從小就討厭脫衣時頭被蒙著，套頭一小個領口將整顆頭像拔蘿蔔那樣揪起，黯騷騷，頭殼鑽入腸子內，這一段時間人不見了，世界消失，天翻地覆了。

圍牆又矮了下去，整個川金出現在川金的田上，陳淑笑瞇瞇呼喊：「你知道我來幹麼嗎，今年我們小學畢業滿……」

院子上的狗不容許大小聲，大吠特吠。

「滿……」川金話卡在痰裡，滿這個字好讓人害怕。

滿四十年了，陳淑又強調一遍。

衣服卡在頭頂四十秒就快抓狂，呵，四十年，也是一皺目。她用力將它從面頭前揮開，再看到的世界在搖動，好像跟之前不一樣，有一點兒變色，那草浪，那海岸……川金拖著腳步，眼睫毛全蓋了下來。

再撐開眼已經來到田頭，看著陳淑轉進岸邊馬路，跟她相隔一片亂草。陳淑黑色的胸口一團金沙閃爍，她瞇眼看金沙變出一張虎臉露出虎牙，下面一件牛仔短褲，褲管一條條白鬚，腿根還蒼蒼虛虛兩塊，好像去被珊瑚劃破的，害她不想笑都不行。

這是她們每次重逢的互笑時間，陳淑也在笑，她看站在土上的川金像獅子一樣衣服長在身上，長在野地上。從北邊房子院子連接一片平整的田園，到了南邊田頭出現這些亂草，問川金怎不弄掉，川金笑說：像你的牛仔褲啊！然後彎身拔起一根紫草，拋在綠草叢上，說：知道了啦！後天晚上同學會！我還在忙。

你世界末日也忙不完！陳淑邊說邊拉彈著貼身上衣。

川金一腳一腳踢踏著被南風拱過來的枯草，已經有一道草捲的形狀了，揚臉吸鼻皺眉東張西望，問：你有沒有聞到臭味？

陳淑說：這種空氣還嫌。

他們要找川金得透過陳淑，純自個村小學同學會才招川金，國中學區諸鄉村各大小聚會，電話不要打人不要來，她不會去就是不會去。

川金是唯一住在村裡的女同學，他們也不覺得她曾離開過。那年他們搞這種一個不能少的團聚時她返鄉四個月，四個月前她返鄉奔喪，家人為她阿母辦了一場生氣多過悲泣的葬禮，怒氣沖天海水倒灌，沖散了家族的星座分布。她阿母秋痱子犯癢時會貼著石柱磨擦後背，她感覺她在磨背，棺材搖來搖去。

做完三年喪她阿爸還在怨嘆鄉下人愛講話，尤其咱這社，這島中島，以前沒處去，後來搭兩條橋將它綁著，它愈像是一隻錶來來回回滴滴答答沒一時停，他一直要拿他的恥辱感去和村民的記憶力一較長短，不輸才怪。

他們為葬禮形式冤吵，川金沒信什麼教，沒加入戰局，一時間返鄉奔喪的手足個個都有宗教信仰，而且信仰堅定，聯手起來反對主事慣了的姑姑，姑姑一氣發誓，若是照他們的方式來辦，她這一世人不會再踏進這個村子一步，否則她就……。

發誓這種事有樣學樣，不是死就是殘，不是生離就是死別。吵鬧聲中川金忙著到處下跪抹灰塵，也不知為什麼喪家不行拿掃把掃地，並未親耳聽見。後來他們幸災樂禍地談論姑姑那驚天一誓，好像每個人都發了誓，大嫂說的最恐怖，她說：「我若再回來，走到哪裡爛到哪裡！」不得了，咒自己也咒腳站的所在。換作別人氣消就算了，偏偏姑姑那麼潔身自愛定時鮮花素果靜跪在宮殿神佛面前，向來是村裡信徒的榜樣宮中的風景，她自己那關就過不了了。

家人得罪她，拿整個村頭賭氣，她離村出走，人好像還在厝內走來走去，只是衣服掀起來蓋在臉上，講話喘氣晦聲晦影，尤其日暗，她下班後。

她總是在川金要睡的前一刻打電話來，讓川金枕眠惦記明日醒來要和她見面的事。時間和距離都是一直線，沒其他事情在兩人中間，她就站在床尾看得見的，作夢都躲不掉。

她問川金她房間牆壁上的畫有多大幅？鯉魚是雙數的橘紅色的對不對？適合做禮物嗎？「我這個人就最不會送禮了！」再問川金她抽屜有沒

有一個紅包袋裝絕版的鈔票，無論多少錢從來沒在鎖，「我這個人就最不會藏錢了！」講一件事情下一個結論，總歸是她這個人不擅長人情世事，「若在古早時，一定是一個女俠！」這錢有一個收藏鈔票快要退休的長官想跟她換。

說什麼都沒用，馬上去看，否則她不會閉嘴。疲勞的川金被扭上發條，兩條鐵腿拖打著地面，她耳貼話筒緊緊跟隨，她瞭若指掌的屋子一步步在耳朵裡張開，沒有房門聲，她質問房門都沒在關？川金用力拳打開關，房窟啪一聲亮在那，她所布置的東西瞬間各就各位，好像被燈光嚇到歪歪倒倒。直到電燈壞掉，川金如釋重負，這才學會一招，繼續搥打牆壁，假裝開燈給話筒那頭的人聽。

進她房裡她全身不舒服，那些被主人拋棄的物件永遠是主人的分身和爪牙。靠窗的抽屜裡一疊籤詩，暗光下四行七字，字句分明，神祕的圍成一個長方形的匣子。她技巧地抽問確保她的房間保持原狀，卻又在那邊鼓吹廢了它去當倉庫，但不要放食物，又老是那句左青龍右白虎最差就她那間房，西照日，熱天她汗流得像跌落海，「我這個人就最能忍了！」

川金只聽指令，不理會試探。她從年輕在鎮上的公家機關有一份約聘僱的工作，聽說是早年做對了一次媒，她在辦公室比正式的公務員還有辦法，她的職務從來沒被動過，村莊裡的人甚至她的家族都以為她已經是正職人員了，因為好長一段時間她抱怨忙讀書考試，頭髮長到屁股上都沒時間修剪。川金的阿母告訴川金，她至少四年沒剪那波頭毛，一枝頭毛長到像蛇，掉在地上看起來好驚人。川金的嫂嫂們傳說「姑奶奶」的她某次喜宴巧遇一個新進的年輕同事，在洗手間半開玩笑的逼人家發誓絕不跟不相干的人想害她的人講她在辦公室的事，川金那時不信，她們信誓旦旦，說那個傻妹真的就在鏡子前面說我發誓。

川金說要把她問的東西拿去給她，她都說再看看，先不要。她就喜歡操控川金的手腳眼睛去做白工。

她開車過橋，調頭停在橋欄邊。她買東西回來，打電話叫川金去橋頭取，就那台銀色轎車。這是繼發誓之後村民知曉的簡單足夠的下文，表示有本事發誓就有本事遵守。

她面帶微笑坐在駕駛座上撥著串珠眺望村海，那副悠然超然的高人姿態不怕不識相的村民探頭探腦，但自從「討錢婆婆」出現，她車一停，老太婆化身一群灰熊馬上包圍遊園車，她不說她害怕，怪車被摸髒了，拜託川金莫讓她等。

那年夏天陳淑為了把川金帶到同學會在田邊纏著她不放，據說小幾屆的班級都已經有人不在了，難得他們班一個沒有少，使命必達，陳淑第二天準備耗到底，穿來一套沁有歷史汗味的農裝，頭臉身體能包的全都包緊緊，自嘲穿這樣像要登陸月球。川金告訴她，莫等我，我不跟人家約，我哪知約好那個時間我有沒有空，人還在不在！川金想哪天她會脫口而出這樣對姑姑說。

小犬追趕機車，把她當賊吠，她騎腳踏車牠才不叫。天晴一層油膜披在紫灰色的水面上，跳棋形狀的消波塊疊倒在岸邊，鬆弛的水流聲將它們溶成一片灰白。飽滿的輪胎讓車身高了起來，人也朝氣充沛高了起來，愈接近橋頭愈騎不動，輾得路面沙沙響。

川金停車，扶著手把等在路口，不近不遠的與公車亭下的討錢婆婆相對望，蚵寮的女人說，頭戴一頂好像很高尚的寬邊草帽的老阿婆光要錢，連騙話都不編，向路過行車亂揮一通，他們也真停，真給，出車禍才來後悔。

討錢婆婆兩隻肉食性的眼睛像鈕扣那樣從農婦模樣的川金臉上扒開，開始大動作招車，像在做早操。

若有川金在車邊，姑姑就敢停留，重複那番話，這你爸最愛吃的什麼又什麼……川金嘟噥又嘟噥，他又不在，伊去港都看醫生，她也裝沒聽見。

阿爸說要去看孫子順便看醫生，他那隻聾了幾十年治療無效的耳朵再去死馬當活馬醫看看，另外尚在保密階段得先跟兒子討論的新病，一併帶上，身份證件、房地契、存摺和現金，給顧家的川金一包黃金，一去不返，準時在各方神明生辰跟祖公忌日前兩日現聲提醒川金，莫忘記拜拜。

高人一等的姑姑更是要指導川金拜拜，除了載來孝敬長兄的食物，還有仙祖習慣但川金一定買不下手的好香好金好果子，再強調，花我就不管了，我買我自己一束。川金聽她講花就皺起鼻子。你是不要亂拿田裡阿里不搭的花來插在佛桌頂咧。一叮嚀川金就去採了一些自生自滅的花回來，插在空到出聲的花瓶。花香擯擯鑽磨整夜，隔天她剷掉了那欉茉莉。

川金眼睛一亮，穿過姑姑粉白的臉頰，看著掛在照後鏡下面透光的那塊琥珀墜子，只有郵票那麼大，聽說裡面刻《心經》，以前她的房東太太客廳就有一幅好大的《心經》，她喜歡看琥珀像透明的麥芽糖，像夏天最豔的彩霞最後熔於一爐，尤其烏陰烏陰的冬天早起，車門一打開姑姑轉過頭來，墜子像月印搖搖搖，細細字一痕一痕白白，她謙卑歡喜的眼神，姑姑信以為真。

她將榴槤從後車廂搬到腳踏車的菜籃內，姑姑叫她門開著通風，又嚷嚷海風又潮又腥，快點關起來！才關上又喊打開！打開！味道好重！

「你笑什麼？」姑姑逮到她偷笑。

「討錢婆婆過來就用這粒刺鮭丟過去……」她說。

「你很壞心！你知不知道榴槤有很多荷爾蒙？有婦科疾病的人不能吃，子宮肌瘤，你沒有吧？你要不要學開車，我帶你去我認識的那間駕訓班，走啦，順便去剪一下頭髮，買衣服，你喔，殺豬那套，拜佛亦那套……」

川金踩動車輪，看著籃內的榴槤，感覺沙粒愈凸尖，輪胎漸消風。以前房東太太請她吃榴槤，她不敢吃。從國外運到港都，再坐船來這，一定更貴。阿爸住到港都反而不吃榴槤了，不稀罕吃了，他說，還學會不讓別人知道他喜歡吃啥。他告訴川金，你兄跟你嫂仔知我愛吃芋，就把茶樓裡有芋的正菜點心全部點來桌上，差一點兒脹死我，以後走了，大概只記得給我拜芋。姑姑也買芋頭來。川金告訴他倆，她種一片芋，二十四叢，阿爸說他在市場發現一種芋，不止芋心綿，頭尾全部綿綿綿，勉強答應她寄兩顆去給他吃吃看，姑姑又當作沒聽見，不想知道她走了房子照住田照種。

白塵升起，天剛亮就濁了，瞇著眼睛愈感覺這顆滿頭全刺黃黃綠綠的東西應該是海中生物，眼睛也是海中生物，闔眼，蓄一點鹹鹹的淚液滋潤。

「喔嗚！榴槤！」

聲音來自右上方。新砌的海岸民宿，人站在二樓陽台，菸味飄過她頭頂。這一呼喊打消她將榴槤投海的念頭。

回到家她抓來塞在磚孔的刷子刷車胎，打氣，遠遠看那棟民宿一眼，開始一日的工作，看到什麼就做什麼。她太過勤勞，管控不了雙手，多看兩眼就有揠苗助長的威脅，栽種的作物大多虎頭蛇尾不了了之。她返回前土地有的被風抬走有的被草綁架有的落了海，僅剩門頭前這一片抓在她阿母手內，她更只圖有個什麼青青的東西能讓春夏秋冬摸摸頭，帶到就好。

蹲久了有時她突然忘記自己在哪，在做什麼。

港都她一租就二十二年的公寓頂樓加蓋，屋頂有一片空地，工廠同事阿英娘家種香蕉，夫家種牧草，有什麼好看好種的現成植物，都帶來問她要不要，房東太太看她捧著葉子往樓頂跑，竟然開始在附近偷拔花草，根鬚的土一路掉上樓梯，停在她門口，後來和川金一起住的妹妹千玉怨她們更怨川金，把我們當作草地人！

川金也沒多愛花草，只是習慣事情和東西來了就接下來，要脫手就難了。那塊三十幾坪的坪頂，發覺無其他住戶上來她才上來，那已經過了快十年。她記不得先有撿來的花草，還是先想到在屋頂遮陽散熱，只是驚訝都市裡垃圾植物怎麼那麼多，到後來屋頂成了一口大香爐。

她阿爸最恨別人講他家女兒山不好，幾代人不曾嫁過女兒，阿母想得遠，要阿爸拿出農保一筆錢幫助兩個在外工作的女兒合夥買房。阿爸現在可以在離子孫近的所在落腳，不用看兒媳臉色，正因為有那間房子。

川金抱著盆栽一層一層往下移動，樓下房東太太一顆心跟著一坎一坎往下掉，拿出紙筆等她的好房客上來留下地址，一開口就哭，川金驚得趕緊喊妹妹，林千玉！林千玉！房東太太哭得張牙舞爪，一時川金也記不全新家門牌，只好寫下家鄉地址，本來就醜的字，啜泣聲中都濺淚發芽了。

川金用機車載運盆栽到城郊一處落寞的公園，沿著邊界排列它們，將幾欉稀疏的樹串連起來。搬不了也載不動的各加了幾掌泥土，無法端走整盤花園。有時她想起那二十幾年，除了好大的廠房，奔忙的四線車道和機車，就是宛如一座浮島的那屋頂。房東太太叫她，莫全搬走，留一點讓我在路上能看見我們屋頂青青。

村人在爭論他家的川金漁翁得利抑或是傻到不行。她出門全副武裝，避免村人打探，有一天她跑到蚵寮去打工，直接把蚌殼送進烏嘴比硬。不久二哥寄來一隻二手鐵牛，她更沒體力和時間想這些了。

她阿爸得知鐵牛的事，罵她二哥一頓，你要做死她啊你！那年喪事辦完，家人全指望川金留下來多陪老的幾天，那陣子她阿爸被她雷厲風行做個不停嚇到，怕自己有一天也會被她清理門戶給掃掉。

她在門前試耕，泥土像人家說的手舞足蹈，載得動她和鐵牛，轉彎戰戰兢兢，愈轉愈順。矮牆外無聊的老村男站著不走，看川金反覆犁那空田，等著她靠近問她，你是弄丟金項鍊喲！

她問二哥這隻鐵牛怎麼來的，一邊拉長下顎看看院埕瞄瞄田上，自從它來了常感覺地殼振動。二哥說他的軍校同學家有個女孩不到十歲力氣很大，吵著要幫忙耕田，叔叔找了這台小耕耘機改裝給她玩，後來玩車不玩這個了。川金不要機器耕的一片平平，要像牛犁的一高一低一條條土脈，二哥偷偷寄來一具可掛在機器上的犁頭。

家裡荒蕪的土地姑姑和兄嫂們也曾做過民宿夢，自營或者賣地各有盤算。她阿爸按兵不動，打聽後發現地價水漲船高多半謠傳風聲，變成鳳凰的厝角鳥沒幾隻啦。幾年的時間島上民宿數量超過民樹，憑空長出很多像貨櫃屋的大房子，不提那兩個字了。

她二哥匆匆返家一趟，確定川金沒用鐵牛去為那些指望蓋民宿的荒地披荊斬棘，回報予阿爸放心，留川金一人在那邊擔家族共業，他一直有罪惡感。至於那些地，就先放著，等看下一輪經濟奇蹟，古早的玩笑是，等著生石油。她二哥雙手扠腰望著門前川金遊耕的這片田，看那形剛耕過沒多久，肋骨根根分明，一塊瘦田。

後壁空地也已整頓，老家舊址夷為平地，地表均勻摻和著零星的紅瓦片。旁邊消失的鄰家後院，和那棵過去用來掩遮茅房的黃槿樹也納入打理範圍，他這個妹妹到底是女暴君還是慈善家啊？死樹頑固根柢和記憶中一塊吃垃圾的坎坷全部剷除。想起有井他立定站好，鄰家的井怎不見了？他家老井圍一圈砌整的礁石，井口蓋一片鐵網，怎麼就感覺假假的，位置也不太對。他真懷疑那隻鐵牛可以變形成怪手，川金這下好像無所不能了。他回來這兩日沒看到她有大勞動，趁她出去他去推倉庫門，門扣用一根草縷綁著。

最不敢相信是川金還幫別人耕田，一個叔伯笑瞇瞇誇獎她，田整理得比曆更乾淨，誇獎到彈舌，害他不知說啥才好。晚餐時跟川金對坐，她一臉貓仔狗仔似的又忠實又六神無主，他責問的話都吞了回去。川金實話實說，也沒幾塊地好犁啦！費用一張五百一枚五十起跳，只收五百和五十，不找零。為什麼？她說五百塊好用，五十塊是金幣。

村老人順著矮牆往海邊走，頭一直別向牆內，目色再差也看得出一爪光一爪黯，土壟稍微鬆散川金馬上梳犁，月娘笑微微，種田人看著別人土壟直紋紋，一定會心癢癢。

他跟著在老人站住的地方站住，看土壟直紋紋，若一本經文。

她二哥回港都一個多禮拜後清早打電話來，說他兒子壟龍，大學畢業已經四年多了，一點兒都不會想……講到時間的計算單位，尤其是年，後面常常跟著一個大決定。

二哥再三強調到鄉下讀書準備公職考試是孩子自己的意思。

比較其他姪子，這孩子跟他媽媽一樣沒那麼討厭爸爸的家鄉，她在港都工作時也沒見過他幾遍，他媽媽過世後他跟這個「鳥不拉屎」的地方也隔離了，這個決定有夠奇怪。

「那……他最好帶個寵物來陪他。」二哥說川金當時是這麼說的。

孩子們以前都會帶個玩具在手上作伴，川金意思是這樣，寵物隔開人與人之間的距離，相安無事。

龔龍和小犬混在清明乘船返鄉掃墓的老大人中間，狗嗓啞了，人吐翻了，髮根濕透，比落水狗還慘。隔天人精神起來，討吃討喝問這問那，他姑姑這個沒有那個也沒有，要不是二哥那通電話，眼前的小大人她真不知道是誰。隔天他到市區補習班報到上課去了，川金卻暈船的症狀全上身，拖了幾天稍微好一點，開始拉肚子，用了幾十年的理療方式無效，不去一趟藥局不行，再來是巡迴鄉村的醫療車、鄉公所衛生局，愈跑愈遠，市區私人診所，最後來到地方大醫院，再不好那就石頭打水漂，不是到對岸去，就是撲通一聲掉下去。

倒垃圾時阿婆說她面色比人家流產還難看，叫她明天早起趕緊買機票去給醫生看。她又跑一趟醫院，肝膽腸胃科醫生開好藥單，準備送她出去之前問，最近生活是不是有比較大的改變？要不要掛身心科試試。

她拖著腳步回家，拐進倉庫，不及清出一塊乾淨，想一下頭擺哪，人就斜了過去。八個鐘頭後驚醒，身邊一支月亮射進來的金鏢，把她勾了起來。

狗長得像一團肉鬆，跑在土上變成跳舞的泥巴。二哥提起過這隻人球狗，在二嫂家族挨家挨戶流浪，小名綽號一大堆，頭一個主人老祖母給牠取名「小犬」。川金覺得叫小犬好蠢，從來沒喊過。她徹底拋開束繩，一段舊牛索，牠方才固定在一個令她滿意的地方大小便。日欲黯她允准牠在田上瘋馳，但不許牠跟在腳邊，牠跑到盡頭昂聲吠海，被草團底蟻丘裡的紅狗蟻圍攻，全身著火在那邊打滾，她幸災樂禍說，死好！放風結束回歸屋簷下牠老是疑神疑鬼，時常朝南邊牠遊玩的地方哰吠。

當牠吠出她的心思，而她照牠的吠聲做事，她簡直拿石頭砸腳那麼恨。牠對著紗門猛吠，她跺腳，牠噤聲拚命刨門框，她進屋抱出姑姑買來的那顆榴槤，走到田上挖了一個深坑，將榴槤埋入土中。

她最後一次參加員工旅遊，天氣熱迸迸好加在有風，野外忽然飄來一股好好聞的氣味，一個新來的二度就業的同事說出跟她一樣的感覺，她說好香喔，好像鄉下的肥……大家全都傻眼，有沒有聽錯啊？肥！香的肥？現在她遇到的臭味，恰好跟那種乾爽天然的肥香相反，像是狐臭，像是鼻子埋在哺乳的女人的腋窩，或者是今天才想到的荷爾蒙的氣味，小是屋裡悶熏的烘碗機洗衣機，大到飄蕩在整個村頭整個陸地。

牠帶她去找尋困擾她的臭味，它太陽升起時開始埋伏，過午沒被熱鬼殺死也會被它勒昏。她一想它根本沒辦法做事，只有待在網室內，像竹簍裡的魚暫時浸入海中，才能夠正常呼吸。

圍牆邊有人盯著這筒綠紗網瞧，她跟小犬胸口起伏按兵不動。她搭蓋網室在庭院南緣，種了一些葉菜，菜不一定會自生，但會自滅，在它滅亡前，她還可以吃它又粗又澀的葉子。竹寮伯是她討種子、菜苗和栽培技術的對象，眼看已經四月底她還在給高過人腰的茼蒿澆水只有搖頭，有個女孩子問，她在澆什麼？竹寮伯說，她在澆草。

網室裡有菜蟲和蝴蝶，小犬的喘氣聲愈來愈急促，她盤腳打坐摳挖腳底的雞眼，人中的汗珠汪成一片。

小犬鑽了出去，她尾隨在後，人眼和雞眼兩種刺痛，亂草如脫韁野馬成群衝撞，她跟著牠們穿越一堵接一堵全傾或半傾的石牆，夢中有過這種情景，她把一顆脫垂的鈕扣扯下來緊在手中央。

一窟遷移的墓穴她以為是坉了的井，小犬又吠又徘徊。日頭像一個壺蓋在頭頂浮浮沉沉，熱氣將人的眼珠像魚那樣蒸成白色的，枯煎的壺底粗椑椑，旱草刮糙土地龜裂，腳踝流血開花，她想起龔龍拿給她看的科莫多龍，龔龍問這裡有科莫多龍嗎？小犬咬著一根白骨，她未及分辨什麼骨頭一腳踢開。

一個老矮人頭毛白蒼蒼散在灰白的石堆上，若不是有在動還看不出是個人，她下顎放上那像堅硬鳥屎的石堆，有氣無力的吹出趨鳥仔的咻咻聲，咻……咻……。無鳥仔，也無蟲仔。川金討厭她的眼神，撿一顆石頭扔向小犬，牠誰都吠，偏不吠她。

川金看出那是一間迷彩屋時眼睛鼻子嘴巴都被它黏住了。一邊是一彎高聳殘缺的石牆，另外一邊是一欉癡肥的香蕉樹，把它像一隻壓扁的癩蛤蟆遮掩得好好的，近看才發現油漆熔化，一層花花綠綠的化學物質流落地上，糊了周圍野草。她用左手食指輕碰，觸感像溫熱的糖果。顯然有毒，小犬與它保持距離，在西北邊家的方向直吠她，她屏息暈眩還忙著看地上，想找一塊大石頭狠狠砸死那隻臭狗。

門裡邊一張小方桌四把紅椅子，背後一片粉紅窗簾，桌上一堆麻將棋子，一只菸灰缸、幾支打火機、各色杯子，看得出全都是塑膠做的，除了麻將棋子，全都扭曲變形，痛哭流涕，哭得歪七扭八。

川金退出那像一副塑膠內臟的賭間，感覺喉嚨卡著黏膩的痰，將欲溢出來。

那個上百歲的老矮人不在那邊了，留下披著白髮的倒塌石牆，她伸手推石頭，還很穩，破爛的漁網一截一截披掛籠絡在石堆上面，有的網線還掛著鉛鉈，是她頭昏眼花嗎，鉛鉈也變形了。

第二章

怨偶

樓頂西南邊的房間沒床，只擺一張桌子靠窗，桌上覆蓋一面青淡的玻璃，有一天他發覺裡面有東西在動，它便不再只是桌子。桌裡面有一片天空倒影，飛機在飛，悠悠緩緩地，天空的高度就這窗的高度，他捲盡簾布拓展天幕，等著看飛機。在這裡鳥是更大的飛機，飛得更快。

去年夏天一個戴一隻耳環的年輕人路過，跟他分享了一個飛機雷達的訊息，簡稱FR24，二十四即一天二十四小時，日以繼夜提供飛行資訊。他看清楚他戴的不是耳環，是一枚刺青，刺的不是十字架，是一架飛機。他下載程式，透過它隨時隨地辨認行經上空的飛機身份，掌握它們的行蹤。有一天要是連飛鳥的身家也能辨識，那世界再沒有祕密了。

女主人找不著男主人時上這兒多半能找著，他垂臉凝視桌面，彷彿研究著某人的命盤。

飄洋過海經營民宿生活之前，他們的婚姻早已判死，只是如同他們的國家，雖然判了死刑，卻不敢執行。冷戰那些年女人默默棄物洩恨，自己的他的家裡的，甚至女兒的，從小到大她沒丟過女兒一樣東西。他們沒有因為找不著什麼來尋問她，她變本加厲掏空，丟到一個程度，謎底呼之欲出。這人極可惡是見五斗櫃首格放男襪的小抽屜整個空了，一塊蒼白若女人大腿腴肉，他竟然笑了。

抽屜底躺著一枚氧化呈古銅綠的硬幣，表面浮凸一線條，偉人頭像詭笑隆起的嘴邊肉。他用食指繞著錢幣外圍，他這些年忙的不就是這樣，繞著錢幣跑，指尖沾滿毛灰。岳父相信在各個收納空間放一枚錢幣有利聚財，他挺願意執行這類無傷大雅又不花錢的小迷信，但此時於他卻似一種腳尾錢的感覺。關上空心抽屜的曖曖回音聽起來坦然又遙遠，曾經這是他的容身之處。

接近攤牌日愈無事一身輕，她說，「不然……回你家那邊去，爸媽都說可以試試。」

聽起來好像她不去。她去，只不過不願意跟他在同一個句子裡。主詞是他，動詞是回去，她的動詞是去。

十四隻箱子，封箱前她略表尊重請他過目。他覺得不妥，不安，帶她外婆那兩具骨董木箱和塑膠整理箱，擺明不是去玩的。他向來紙箱輕鬆隨行，水果箱清香耐用，簽字筆在五個面向畫魚，從任何角度都能一眼看到。她說，你乾脆連底下也畫魚，讓它像骰子在輸送帶上打滾！

對一個豁出去的女人，絕不要有意見。一根手指頭正反兩面包辦一切，他摸了摸，叩了叩，木箱回音如叩門，聽起來世故含蓄，像要來借鹽巴。

「不如……先去晃一晃？」他說，暫時用不到的東西慢點再寄船，我們先飛過去。

他預留時間好讓她反悔，她愈是執著。她想看海上的風景，她說。暈船藥備妥，行前忽然變卦，「不然……先去晃一晃。」她說，比較用不到的就紙箱那些。他這次完全忘記作記號，她主動在紙箱上畫魚，兩條，尾巴對尾巴。

民宿蓋了快一年，成立三年，一向體重過輕的她掉了四公斤，非常確定眉間那Y字形皺紋是在這裡刻上的，經常偏頭痛，並且患了一次顏面神經失調，經一旅外的在地房客介紹，她到市區習畫，尋求藝術治療。她的習作瓦片似的一片接一片擺放在牆角，誰無意中發現讚賞幾句就送給誰，絕不掛上牆壁，「掛起來就消失了！」她竟然會說這種話。他聽膩房客驚豔的讚美，眼看作品流於媚俗。他對她說，你畫那兩隻魚的時候我就覺得你有繪畫天份；更有經營民宿的天份，他心底嘀咕。

繪畫教室滿是古家具，牆上寫著一句畢卡索名言：「窮此一生，我都在研究怎麼樣才能畫得跟小孩子一樣。」習畫的人滿眼新奇，走入另一度童年。大學專攻西畫，研究所念造形藝術，科班出身的老師教他們鑑賞古美術，看它童拙的線條黃昏的色澤，擺設巧妙與否更是知音的考驗。她認為這是外婆的古木箱帶來的緣份。

不透露年齡和婚友狀況愛穿船形領肩線畢露的女老師，她目測四十，他光看照片，不便說不到四十，反說，不止吧！

老師說古家具現在貴得無法無天，二十年前，不小心說溜嘴，二十年前，她初接觸時隱身在頹廢失修的古厝中，被混在拆屋工人當中的買手一車車載走，經幕後行家清理美化，浮出市面身價暴漲。

那時她才幾歲，可能是跟個老男人一起淘寶……民宿主人得擅長蒐集傳奇，即使一般般也能給它一次不平凡的描述。

她在島上出生，四歲舉家搬遷只有海風、哭泣和鼻涕的印象。十四歲轉學回來一年半，舅公看她曬黑了教她講，「我不是黑著底，我是黑沒洗！」回想起來那時父母親應該是回來避風頭的，她返鄉的官方說法也是喜歡這片山水，具體的收穫是那些靈魂出竅的古家具有個平坦的棲身所，她最記得去碼頭接運它們那天起著好大的霧，滿海盡是淒美的白帆，想見它們從霧海中向她走來，一頭淋漓霧水的她泫然欲泣。

她母親比她更早回歸，在他們看不到的時候和一個男人在一起，那男人學生時代曾是個民歌手，有一首歌流行過，後來為五斗米折腰安於做一名鄉下的公務員，閒暇時在文化中心教彈吉他，她母親愛看人家抱個吉他唱歌，婚前上過他的吉他課。五年外島生活慢慢助跑，終於起跳飛越，吉他老師調至理想城市前曾經跟這班學生預告，退休後他將再回來，再體驗一次鹹鹹的水如何喝到後來變得順口順心。她在小城路上走著就遇見他了，吉他老師說她沒什麼變，倒是水不鹹了，原來街邊多出好一些加水站，大家都提水載水喝了。

顯然女兒是諒解母親的，他妻子一向道德感強，對不倫戀反常地毫無惡評。老師她爸還在，妻子淡淡強調。

妻子習畫的市區他高中時期叫做鎮，聽說升格為市好幾年了，他不知道；對他而言此市非彼鎮，鎮永遠是鎮，實心的紙鎮，一塊平穩的岩盤，背著書包的少年爭相踩住它，大跨一腳搭上彼岸。那裡公車總站旁一排老舊灰白的門板，像一艘廢在岸上的船，他和同學猜拳決定該誰進去；遇到長他一屆的呂芸芸開口他非進去不可，同村讀普通高中的學生僅他們兩個在鎮上補習數學和理化，聽說她現在人在國外；門軌嚴重磨損，使力將門板向左一搬，飛沙走石一港北風強行入侵，明明一鍋煎包擺屋內，做生意的人卻總是一臉莫名其妙，讓人羞得無地自容。

老師割愛一張迷你到只許坐兩瘦女人的沙發，她說皮面是紅酒色，他說是碘酒色，好大一塊傷口；沙發搭配一盞立燈，好像船與槳，不得拆分；他諷刺不就像掃帚與畚斗如影隨形。她不透露價格，嗲嚷似曾坐過這沙發，也許小時候在外婆家，她和她媽老愛追憶她外婆家的富貴年代。她說它樸拙，他覺得做作，穿旗袍的人追西洋風，反顯得小家子氣。

她將沙發安置在東北角，天南地北對應築在西南邊大門左側的和室，她坐上沙發拿起復刻的老式電話托著腮幫子，適時關切餐桌需要，對上下樓的客人會心一笑，蕭邦夜曲在和室低迴，他聽得到她那情調豐富略帶苦澀的啼笑聲。

他划著手和屁股挪向和室門邊，微探出頭斜眼瞧她，電話線狗鍊似的繫著她惺惺作態地斜倚在那沙發上。

這兒顯然沒有她能聊天的對象。漸漸他不確定她在跟誰竊竊私語了。她認識在地的藝文人士，共同發起一個讀書會，魚幫水，水幫魚，她說。

另一種聳然的低語掛在牆上，她花錢買的月曆修長會甩水袖，為了對照？為了享受撕的快感？且掛上漁會贈送的土日曆，紙舌頭又薄又多，一天一天撕去。一陣大風連天花板上的枝型吊燈都在搖晃，她來往的花店老闆娘盛讚這盞燈完勝一票民宿。她逮到機會就「炫都麗兒，炫都麗兒」地叫，枝型吊燈的英文發音，用「香奈兒」來記就不會忘記了她說。一聽就是她那美術老師的調調，這筆交易跟那女人脫不了關係。

她身體拉長傾出沙發，一條胳臂求救般搭得海遠。在那個點上他應該看得到她那隻手，她懷疑他故意忽視蹺蹺板那頭人正懸在半空中。她用念力在心底連名帶姓喚他，就是不出聲。有一次她跪在沙發上伸長手捻響指板，重心不穩撲倒在地，一整晚就聽見她想到就笑，想到就笑。無計可施冒著損害炫都麗兒的危險用風提醒他聽候差遣，手伸到盡頭冷不防拉動窗戶，閃開閃闔像抽著風櫃，直到火光燃起。

對他無所求時她安心變換著纏繞在沙發上的姿態，如在無人島上，自由縱情，什麼都不缺。他彷彿看見那沙發飄浮起來了，女人笑得放蕩，像給男人抱在腿上。

他二姊上門來，站在桌邊瞪著，搖頭走人，同來的二姊夫嘻笑兩聲連忙跟出去。最受不了這些都市女人不回鄉下婆家的二姊，此番他開民宿最出力，她的另一個弟弟國賓獨自返鄉重操舊業，妻子連個蚊聲蚊影也無，恐怕是離婚了，大家心照不宣。怕離婚是會傳染的，二姊藉著民宿做橋樑，盼他夫婦安居樂業，但就這一幕，她和這個女人建立起來的新友誼瞬間全毀。

他暗怨來得真不是時候。這種時候亂髮遮掩，彼此都隱形，許多關乎女兒的事、他倆的事、家族的事，藉由偷聽她講電話得知。從她收斂的聲調和調整的話題，他知道她是在裝作不知道二姊來了，她心目中的外人不是飛來的房客，是這些在地人。

她在電話中說「那人」壞話，那人在她的城市投資創業，有些曇花一現她都不記得了，就是要當老闆，花掉多少錢她都不敢算，虧得有那麼包容的岳父母；媽媽說的一句話令她心酸，同時指給她一個方向，媽媽說，我們家沒有他想像的那麼富裕，說不定他們那邊也沒有我們以為的那麼不好過。她來這裡住下才明白偏鄉沒那麼窮，至少有土斯有財是有點道理的。這窮像一隻唱歌討好她的醜鳥兒，她來了不見鳥踪影，悵然若有所失。

她那麼一點兒歸屬感其實是被嚇出來的。說到拎三件行李不如先去晃晃那個星期，未知會家裡，兩人在鄰鄉的民宿度過三晚，村裡住了兩晚，瞞天過海，簡直私奔。日後她鼓勵返鄉探親的人如法炮製，不僅外來的媳婦受用，當地人有的已跨出那一步，這就是教育，她說，老的小的都需要教育來改變。

第六天近傍晚兩人坐上計程車裝作從機場回來。從電視上知道，當天傍晚一架客機降落前不明原因墜毀在島上，有個小姐落地當下尚清醒，十指掩面說下降瞬間她不知道是叫不出來只在心底吶喊，還是真的叫出來了，一直叫著「飛」，整個人就鼓著一個飛字，說地面比她想像的柔軟，整個星球黯淡無光一片死寂，她猛敲窗戶，造成手指關節碎裂，但如何逃離機艙卻模糊不清，摔了又摔，用爬的，臉好像珊瑚刮過一片黑紫，終於看到光，淚流滿面用頭去叩人家的窗。

逃生的夢一再纏繞重現，她神經衰弱，服了不少媽媽寄來的安神中藥。電視新聞從早到晚轉播，豔陽無情，惡臭沖天，慘綠的士兵封著口罩行屍走肉。她不敢出門，深怕她就在那夢境裡那村莊裡。對著電視機吃飯的公公瞥見她一次就問一次，叨位來這個小姐啊？汝啥人啊？腔口重到不知所云也好，稍微聽懂一點就完了，他說一粒雞卵自天頂掉落沒壞！他好像把她當作那個小姐了！失智倒無傷，經她旁敲側擊，好像並沒有，難道報復她多年來的疏離，連他兒子對這個家也是蜻蜓點水。

留意一陣子她察覺這老人不來陰的，不像她婆婆，要不是婆婆已往生她根本不會走上這條路，一想到婆婆靈魂附身於他她就害怕。婆婆最後一次刁難她是奔喪那天，氣溫又破百年紀錄，要她爬著進家門，砂粒一顆顆嵌在膝蓋上用手才剝得下來，膝蓋從此一塊暗土。她媽媽早料到他們那邊會有這種陋習，不敢事先告訴她，只交代看人跪就跟著跪，看人拜就跟著拜。

她在跟誰說這些，聽者是女兒較不堪還是友人，他實在不知道。比起她媽媽，她實在是個糟糕的女人，糟糕的女人結婚會更糟糕。他記得那天她爬在前頭，她所謂的狗爬式，大腿打直，一隻潔白高貴的秋田犬，對比他是條臘腸狗。她一賭氣反決心將事情做得漂亮，從這點看，她跑到這邊來開民宿也就不奇怪了，越賭越大。

連他的鄉族也攤開來撻伐傷害到他的自尊，他矢志切割她的話筒。出於慣性的憎惡，偶爾他空出耳朵，聽她怎麼落井下石。出乎意料這個女人提到「阿燦燦嫂」，提到「第二故鄉」。

她看見一個女人邊走邊吹口香糖泡泡，泡泡膨脹圓鼓起來便放緩腳步，吹出不是普通人吹得出來好大一個白氣球蒙臉爆開，自個兒樂得哈哈笑。那人誰啊？難得她打探村裡人，他含糊回答，好像說是誰的太太。又一回在樓上看見那個女人和一個男人，仍舊是那件外套，二姊搶了她的描述，茄子色外套，上面有黃色一撇一撇像閃電。二姊說她跟阿燦回來閒晃了好多年，一下子假離婚，一下子申請低收入戶，以前屁股後面跟著三個很漂亮的小孩，有兩個還龍鳳胎，現在應該大了，沒看到了，兩公婆好解決，哪知家裡待不下去，借住別人家，那人有錢，市區兩三棟樓，有時回來種點菜，有菜蟲的菜吃起來較安心，想說有人早晚幫忙點個香也好，結果這兩個不成樣的偷吃人家冰箱裡的柿餅跟參片，被人家趕走了，哪知跑去哪，等社區有活動廟熱鬧你看著，又笑嘻嘻返來吃免錢的……那個女的才好笑，說人家我大都市人，想法跟你們不一樣，大家都學她這句話來笑。

桑葚節傍晚，趕集的人散了，夫妻兩蹭過來看國賓賣魚，阿燦滿口魚經，從小網魚抓魚釣魚樣樣行，刀進肚出，吱一聲完好一顆肚囊掏得乾乾淨淨，國賓落得清閒在一旁陪笑，伸手將小魚抓到腳邊，準備給阿燦帶回去。阿燦的女人一屁股坐在地上，兩手在膝蓋上交叉，臉疊上去，整個人壓作一個飯糰似的。她在樓上望見，從屋子走出來不覺躡起腳步，貪婪地看著她，連頸背都曬成黑糖色，一頭炙熱的長髮草裙般蓋住小腿，十個乾旱的腳趾頭挨罰的排成一列，忽然伸手去摳指片上殘餘的紫色指甲油，臉一側露出一隻眼往上瞧，撥開散髮，讓對方看見她有氣無力的笑。國賓本欲跟他嫂仔做個介紹，支吾兩聲罷了。阿燦笑著說回來玩啊！買魚的阿伯糾正他，嗯，什麼回來玩，人家蓋這間民宿這麼大間你沒看到喔。

她問她要不要進去喝茶。她額頭在手背上磨擦，狀似搖頭。阿燦和國賓也怪安靜的。買魚的阿伯訕笑說，哇今天賺到了，人家要請你喝茶還不趕緊起來，單單你有咧。

國賓給嫂仔一個眼神，她未接收到。二姊警告過國賓，跟誰保持距離，阿燦是其中之一；國餘自然不用提醒，出了村子還考第一名的孩子，上國立大學在村裡少之又少，哪會跟這種人來往；他那像局外人的妻子更不用說了。

阿燦的女人坐在和室門口，雙腳伸直，腳板抵著門框，好像卡在那裡。阿燦殺完魚清洗完場地，來找人時，她仍然維持這個坐姿，阿燦不顧女主人制止，連聲叫她腳放下，伸手將她的腳往外打，她嚷嚷，這個門剛剛好跟我的腳一樣長！前頭還嘻皮笑臉，忽然哭喪起來，我坐這樣比較舒服啦！人家說我背越來越駝，坐這樣挺直起來，肩膀比較不痛。阿燦罵她，你乾脆坐這樣睡覺好了！

國餘回來一眼看見那雙掌門的腳，魚腥味使然，若漁夫的腳，泛一層鹽霜。女主人用桑葚節買的百香果入茶，兩種氣味，和突兀出現在屋內的兩人，令他有點換不過氣來。

女主人禮遇這女人，將茶杯放在和室，她的大腿邊。阿燦忙將茶杯端到女人嘴邊，用掌根抹了抹木板。女主人跟男主人說，他們說百香果很會生，一棵就能長一百多個，有地方就能種，那麼會生，為什麼每次農藥超標都有百香果的份？

光瞧那副德行，國餘不問阿燦現在做什麼，問現在住哪。他說了兩字，國餘不想在妻子面前說不知道，喔喔地搗著下巴，繼續下一個應酬話題，燦嫂突然插嘴：「就那台飛機那個——那裡。」三個人愣了一下，心照不宣，喔，她在補充說明他們現在住在哪邊。

阿燦看著國餘哼哼爛笑，說：「厲害吧！」不知指這事或這女人，國餘點頭說：「滿厲害的！」阿燦聽女主人在關心他老婆的肩膀痛，遂過去抓抓她的肩胛骨，說她是前幾年衣服太厚重肩頭硬撐歪掉了，沒事誰叫她穿一件男人的大皮衣，那種高大性格的外國男人穿的皮衣，重得像扛一隻鱷魚。阿燦一直說又沒那麼冷！燦嫂不停反駁，風那麼大！阿燦繼續取笑，穿防彈衣喔！以為穿得若鉛鉈風就吹不動喔！女主人在一旁問了兩次，怎麼會有那件皮衣？阿燦叫她自己講，她揮開他停留在她肩膀上的手，真的生氣了。

臨走時女主人再三叮嚀阿燦得帶燦嫂去針灸，他說她沒病，就心底有鬼，去廟裡拜一拜就好。實在聽不下去，女主人撫了撫燦嫂的長髮，說那些個風景區她全無興趣，倒想去他們住的地方走走。國餘注意到燦嫂的表情，想必和他一樣覺得這個女人好假仙，阿燦又想發議論，他拍拍他肘子。

旅客明天要來了，不用再四目相望彼此討厭，卻又想把握陌生人入住前無需扮演賢伉儷的自在時光。這天傍晚氣氛融洽，聊起天來像是遇見同溫層的房客，他鄉的故知。他們分別誇獎阿燦夫妻的長相真是老天爺賞臉，落魄好比長了一層青苔，無傷原本的面目，還起保護作用。享受品頭論足的樂趣，原則上女性同類歸女主人評論，男性動物才歸男主人，盡情發揮，不怕踩到地雷。

燦嫂頭髮蓬眉毛黑，睫毛像小孩又長又密，描述到唇上一排微微的汗毛也能增豔，他衝口而出：胡扯！她說她那嫁作外交官夫人的三阿姨說，愈鬍鬚的女人愈美，道理跟公雞比母雞漂亮一樣。那天他們走後他看見她撫了一下和室木板，捏起一根落髮來研究。她羨慕人家毛髮濃密，自己長期為髮塌掉髮所苦，吹著岸風藏不住髮際高禿頭皮乍現，自嘲快變成一顆仙人掌了。郵差最常幫她送來的就是護髮用品。

國餘說阿燦的父母是一對生得好看又長得相像的夫妻，養一堆孩子，全複製了父母的樣貌，高挑，圓身，圓額頭，皮膚像梅粉似的，眼珠又黑又亮，見人就眉開眼笑，以前長幼有序還能分辨，長大後常使人混淆，兄弟們從事的又淨是低端勞動的工作，油漆工，搬運工，水泥工，船工，連父母都曾搞混傳錯話。唯獨這個阿燦曾離鄉背井做過腳踏車工廠作業員，所以娶到一個都市女人，有一年工廠員工旅遊上山賞雪，他邀小學同學同去，有人看過相片，他披了一件棉被上山，一路在遊覽車上唱〈情書〉。他弟弟阿輝，名字也有火，不知道哪一個哥哥結婚的時候，坐在迎娶的轎車隊伍中負責放鞭炮，一枚鞭炮來不及丟出窗外在車內爆炸，人給炸傷住院，一隻耳朵全聾。他們有一個哥哥死於猛爆性肝炎。兄弟們都娶在地人，都離婚，當然不包括阿燦，再婚都娶外配，孩子不再那麼像他家的孩子了。連父母晚年也鬧分居。

向來都是她在述說結識了哪些新朋友，他跟她講這些事，既心喜又心虛，他在同學會時聽兩個同學爭辯才知道的，他們皆有兄弟與阿燦的兄弟同學，然而阿燦並沒有兄弟姊妹與他們同學，據說那年的孩子么折了。他們釐清這些事，據說，曾發生同學會時，大家搞不清楚是他家兄弟來錯了認錯了還是聯絡錯了。

阿燦夫妻到屋內小坐的事傳到他二姊耳中，她特地來敘述一番這兩人的惡形惡狀，弟媳一副不當一回事，她現在愈發的反對在地的主流的想法。

二姊加碼端出阿燦對妻小動粗，逼老婆墮胎，這新女性鐵定受不了，連上巡迴醫療車看病也不許，說她跟醫生有怎樣。她初初來這裡時大家笑她一朵鮮花插在牛糞上，現在埋進糞裡去了！

「那她怎不走？」

「就是說啊！比外籍新娘還沒出息。」

「怨偶也有怨偶的愛啊。」

國餘聽妻子說這話忍不住笑出來。二姊瞪他，再補一件兩人最可恥的事，發怨偶財，跑到大路邊掛一張看板，離婚證人，兩人三千，人家照上面的電話打過去，接電話的人就是阿燦。

她踱到和室門口，用燦嫂的坐姿坐下來，淡淡的說，要是怕這種人，就不會回來了。

第三章

骨科

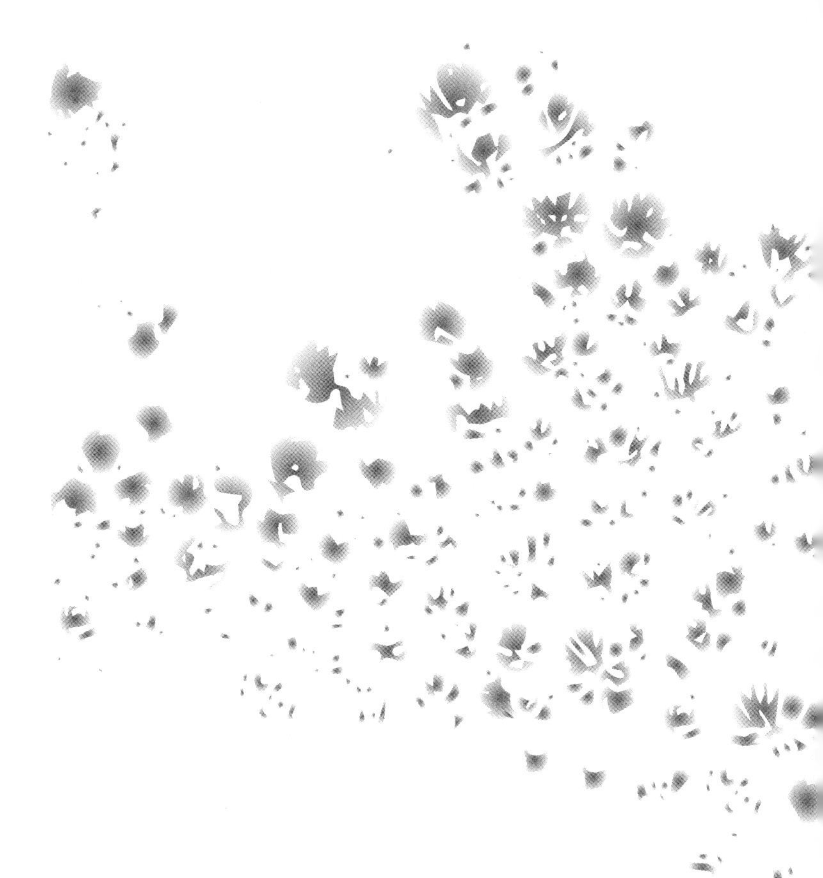

軍醫院來了一個三十多歲的骨科醫生，人好好，風評在鄉里傳開，在地資深的骨科主任一比就完蛋了，大家「都馬」改掛那個年輕醫生，連準備要飛去大城都動手術的人「馬都」不去了；可惜他不是在地的，總有一天會調走，隨時「馬都」會調走，還在考慮換人工關節的人不敢再猶豫了，換好一腳另一腳不敢再拖了……跑醫院的中年兒女把握機會口耳相傳。

陳淑在她阿母將換第二隻腳的膝關節前來拜託川金，她用盡說詞無法說動川金，整張臉趴在桌上磨擦，終於講出不能夠獨自看護阿母的真正原因，她好怕處理排泄物，上次她被嚇到了，趕緊戴口罩穿手套時，情況整個失控。她雖然生過兩個孩子，但大部分是婆婆在照料，且大人和小孩是不一樣的。

川金沒答應。陳淑拖著腳步走了，她一回來就四處去做傳銷，累癱了。川金將她忘記帶走的墨鏡和藥罐子送到她家去，她已躺上床，全身覆滿她忙著銷售的負離子產品，帽子、眼罩、圍巾、護腕、護肘、護膝、衛生衣、衛生褲、手套、襪子……乍看好像受了重傷。看來她真的非常之相信這層東西具有再生能力，可預防並且醫治任何疾病，就像嫦娥相信靈丹。

這些有的像膚色毛呢，有的像米白紗布的東西，到底怎麼加進陳淑說的負離子，跟加持一樣的玄。她送過幾樣給川金，都是她用零碎的珍貴負離子面料做成的，聽說是踩她婆婆的裁縫車車製的，一只內襯負離子的口罩，一條圍脖子的小方巾，兩片胸罩襯墊，一條護腰，川金全塞進枕頭套貼頭殼那一面。

她小時候很怕鬼，現在還怕？睡覺留一盞燈，側躺弓腳，像隻大白兔，只差屁股後面一團兔尾巴，潔白的兔尾巴，不是髒掉的。這幅孤寂睡兔的景象讓川金決定和她去醫院。

在醫院那些天，陳淑照樣全身貼裹負離子，那成了她的另一層皮膚，外面披一件水藍印花罩袍，像在海灘度假，四處走動，結識朋友。有個護士小姐鼻子很挺腳很細很長，像一隻白腳鷺鷥，陳淑和她聊她的白長褲。她說擔心有東西或者是風鑽進去，褲管越改越窄，護理長休假時她乾脆穿白褲襪上班，在走廊不知不覺就踮著腳尖好像跳芭蕾，惹得同事伸手打她屁股，還笑她沒屁股。陳淑皺眉說應該趁年輕改善體質長點肉，試試看加一層像肌膚一樣的負離子……。

阿母說這個叫阿芝的護士小姐是我們村的，她爸你們可能不認識，她阿公你們就知道，牽一台自己組的牛車，四個輪子四個大小，好好一隻牛兒被那台車弄得身軀歪一邊，腳跛跛，行路慢躊躇，一條路都給他們占去……。

阿公的行徑像蠢蛋，陳淑引導阿母言歸正傳，喔人家她是護校畢業的，有牌的護士……陳淑拿出一件負離子質料的小可愛送人家，摸著她冰冷的手說：護士當久了從裡到外都變成冰棒。

等待病患手術的時間，川金全程坐在開刀房外的椅子上，她想學陳淑那樣找話跟陌生人說，也試想回答他們可能提出的問題，可是沒有人看見她，想跟她聊天。

好幾個人拿鐵鎚還什麼的一直在那敲，聽那聲活欲驚死。阿母講起開刀房裡的情形，跟上次一模一樣一字不差，簡直是鐵匠直接在她身上打造一隻新腳。汰換骨骼的膝蓋包紮成一大球，血層層滲透紗布，痛苦的逗點使痛苦加劇，可能是上次預支了，這次沒痛成那樣，鮮血在白晝的天空凝結成一朵小紅霞。

早晨護士帶來若有似無半粒軟便的藥丸，她們心照不宣不打算用它。心裡雖然嚴陣以待，陳淑依舊東逛逛西轉轉，回病房瞧一瞧時，只聽見川金在簾帳內叫：出去！你出去！她所擔憂推卸的事便搞定了。

住院期間陳淑與一位探病家屬因認錯人而立在電梯前面倚著漆黑的玻璃帷幕長談，站到腳都僵了，又到樓上佛室在法師的墨寶下把故事說下去。那女人問她為什麼穿一身木乃伊，不聽她講解，主動要求試用，過去藥物最多僅能讓她睡四個鐘頭，一輩子比人家少睡一半，罩上軟軟的負離子，像搖籃托著，竟然連續睡八個鐘頭，眼睛變得炯炯有神！她以懺悔的口吻向陳淑招認，我把你看成一個已經死了很久的同學，電梯門一開看到她，我腳都軟了，她是我記憶裡第一個不是老了才死掉的人，其實以前我不怎麼喜歡她……。

回去之後陳淑渲染整個過程的順利，包括她的業績和川金那令人高枕無憂的執行能力，置換人工膝關節的阿母第三日就下床了，五天半就出院了，比她自己看護提早兩天。將此效率歸功於一個古怪好友的幫助，比親力親為更令人羨慕。她塞給川金一萬塊紅包誇口成兩萬。

沒有銷售的意思，但那套歸咎與歸功的思考和說話模式再度奏效。有一旅外的同鄉友人打川金的主意，要陳淑介紹，錢可以再加，快出院時她才飛回去接手，陳淑說就怕有錢也請不到。沒想到川金一口答應，她一年上百日坐著矮凳論斤秤兩剝牡蠣，去年還給颱風飄搖的蚵棚砸傷，不這樣賺錢不行，之前的積蓄全都投在遠方與妹妹合買的房子了。

拖了四個月陳淑才告訴友人，她那做事很有一套的兒時玩伴終於答應了，你就叫她「林小姐」，六、七天她還走得開，人家是勞心勞力的人，沒必要少跟她多話，記得掛簡醫師。

川金照料的都是七老八十的婦人，一律叫阿嬤，男性不接。她們約好了碰面了，好像機器人，一個腳遲，一個面癱，疼痛來時有血有肉有了真實感。開第一隻腳，通常先動左腳，痛到不能忍受，麻醉科醫生將止痛藥的劑量調到不能再高，川金來回奔走搬救兵取冰袋。一口家用冰箱專門冰藏各種吃健康吃快樂的食物，各個獨立成島不連接別人的品項，看別人的食糧刺激不了食慾也半飽了。上層冷凍庫冰袋交錯，她討厭掐冰袋陷入冰沙的感覺，冷眼判斷冰凍程度，堅硬的都被挑走了，剩下幾隻軟弱的被打敗的。需要好幾隻，自各個角度敷貼冰鎮脫胎換骨的腳肢，怕它腐爛。動作好像撫摸母牛乳房，她蹲身查看垂掛在床下橡皮管內尿液的活動情況，訓練病人自主排尿，等醫生一句話，明天可以出院了。

出門前幾天她開始找月亮，她想知道她不在的時候它是圓了哪塊缺了哪塊。她又回到起點，坐在開刀房外盯著房門，等待白衣天使出來叫喚：某某某的家屬，這段時間她記誦病患名字出生年月日，好幾次忘記又想起之間，她總是看見那條魚。有一回蚵寮的女人給她送來一條魚，掛在門把上，附近野貓垂涎三尺脖子伸得若長頸鹿，咬到弓曲最低點魚的脊背，膠袋屑、碎魚鱗掉滿地，破洞見骨，鮮血斑斑。

出院返家，她趕緊恢復家園面貌，時不時懷疑不是這樣不是那樣，什麼被偷偷改變了，好像不管綑幾層紗布，血硬是穿透出來。夜裡她感覺屋子像被盜的墓穴，像那些被光明正大換了骨頭卻未抽掉神經的腳頭屋。她躺在床上想著那隻潔白的大白兔好像快要睡著了。她起來尋找姪子小時候玩水那些套在手腳上的充氣塑膠，他們這裡藏那裡放以為明年夏天還用得著。她用它們來做冰袋，甚至將一個非常小的游泳圈灌水，扭成「8」字形塞入冷凍庫。她自製的冰袋怕護士發現，包了毛巾撐墊在膝彎下，確定那像北極熊一身白的女人暫時不會進來，才讓它們爬上膝頭，一床冰山。

陳淑適時來電探知她的感受，體重輕狀況好又不囉嗦的患者，家屬也不囉嗦者，第二肢九折優惠。有的則藉口推辭受理第二肢，陳淑拿捏定奪。她的底線就是川金的底線，她知道如何確保她倆的價值和友誼的價值，目標是一雙金筷子，不是折得斷的木筷。

川金違背了所有原則，接下一條她抬過最笨重的腿，照護左腳時搞得一塌糊塗，前功盡棄她跑去站在體重機上頭面壁嘔氣，那指針不住地搖晃抖動，路過的護士喊：那台壞掉了啦！不只這樣，阿嬤話多如牛毛，來訪親朋沒完沒了，好像蒼蠅來到肉砧上。但她答應了。陳淑想要求病房升級，她拒絕。多話的人不能讓她住單人房，雙人房也不要，三人房最合適，有一種制衡。行前預先補充睡眠保留體力，陳淑寄來包裹，有B群、椰棗、腰果、薑糖、蔓越莓，小包裝的葡萄原汁。

三床都是庄腳人，庄腳人生病拖著泥土駐院，軍醫院裡多的是這種人，市區病患與他們共處一室，感覺在地的醫療品質永遠提升不了，有能力去到大都市，做一名遠方來的鄉下人，雖然落寞倒也心甘情願。多年前川金跟工廠請假在大醫院裡照顧切除子宮肌瘤的姑姑，姑姑不許川金說出她來自何方，且告訴隔壁床的太太，她買房子給兩個姪女住。

中間的病床躺著一個無病呻吟的婦人，留院查明病因，終如醫生猜測在她背上找到恙蟲叮咬的一個點，她好不服氣要護士拍給她看，明明最近都在幫孫媳婦做月子，根本沒下田，掃墓也沒去。川金壓根忘了阿爸臨去時交代，若有疲倦人不爽快，頭先要想到是被蟲咬到，不能當作感冒。

川金拉開舊衣服兩隻長袖子鋪填躺椅與牆壁間的縫隙，牆壁拿毛巾抹過，人蜷曲在躺椅上面，額頭鼻尖抵著牆壁，溫暖那塊冰涼，背後哀聲惡氣，不知道為什麼她突然嚇一跳，身軀像一瓣筊翻落躺平，眼睛找尋那條受難的腿，腿上那團紗布像一道雪崖依然在那裡。

恙蟲害的婦人多留了兩夜方准出院，川金早在擔心與窗邊那床病人獨處了。陪病的妻子知己知彼，護士一走，便有意無意的將中間病床的簾幔拉上。兩人在門口或走廊碰見，眼神呆空，憑感覺知悉那身影，不打招呼。浴間雖有一口加蓋的大垃圾桶，那女人很有衛生道德，總是一個結又一個結的打，把丈夫的紙尿褲緊包在塑膠袋內，再拿到棄物間。川金會在她忙這事時抽身外出，一則讓她自在，一則實在受不了那死裡求生的腐臭。

川金在這裡照護行刑的腿超過十床，始終話少表情少，談一次天就記得陳淑的同村小護士也不大認得她，大家都以為她是病患的女兒。一個戴瞳孔變色放大片的俏護士看病患劇痛趨緩丟給川金一瓶乳液，說：乾成那樣！走到門口又囑咐：先熱敷一下才擦得上去！

膝頭冰敷，腳板熱敷，一截要麻木一截要柔軟。先亡離苦的左膝一道傷疤像烤焦的蚯蚓黏在上面，川金用被子將它覆蓋起來。小腿都是斑點紋路灰白的皮膚屑，像揉著一條馬路。腳掌僵硬皸裂，被丟在草叢風吹雨打無數年的石膏模差不多是這樣。

這雙腳像植物又像礦物，不停按摩它稍有軟化的跡象。阿嬤對突如其來的伺候欲拒還迎，哼個兩聲欲說什麼又靜了會兒，終於表明便意來了。浮盪的乳液果酸刺激著呼吸道，她做好心理建設和防護措施，上場還是手忙腳亂。她結實屏住一口氣，兩手一起用力舉起了母象，然而飆了高音卻卡在那裡下不來，這時有雙手從右邊幫助頂起來，她傾了一下，趕緊再全神貫注取出一隻手來做事，一切一切等完成這事再說。

除了說聲謝謝，未能再表示什麼，兩人各自在病房兩邊接招。川金這床探病聲剛止，那頭來了病人的兒子和三個發育中的孫兒女，大家一起看電視，斷續交談，偶有笑聲。爸爸一聲令下：頭轉過去，三個孩子面壁不動。阿嬤正在為躺在床上的阿公換尿布；那些細微的動作聲就是，揚起的臭氣就是。

川金瑟縮在被子底，被子內裡是用一件好幾萬塊的負離子截切車製成，陳淑說兒子大了，單人被嫌小，但負靜電還很強，她有一台機器能測得出來，川金入院一定帶這件被子當金鐘罩。其餘身上穿的床上鋪的全是舊衣物，有阿母留下的，房東和工廠同事給的，一嶺一嶺的舊時光，穿過鋪過即丟棄在病院。

較慢躺下去那人躺下去之前熄燈。陰暗中川金一直聞見釋迦。腳步聲停止在簾外像一波直立的浪令人害怕，咕嚕發問：那個……那個……川金坐起身，床尾一襲白袍，兩隻鏡片發光，簡醫師來跟她們說一聲，明天星期五他要去離島做巡迴醫療，星期一才回來。

意思是她們明天出不了院了，川金楞在那兒。用兔子的腳跑出烏龜的時間，比起上一隻腳，這隻腳進展順利，卻得晚兩日出院。

鄰床病人呼叫妻子，問歇喂了幾聲，改喚「查某」。這裡唯獨他不是查某。躺下不久的妻子毫無反應，哪可能睡這麼死，想也知道是裝睡。川金怕再聽到更不堪的辱罵，出去窗廊邊踱步，眼睛不時望向病房門口，護士唧著一車醫療用品進去，不久又走出來。

下午川金在茶水間倒水，水流一停，誰在問誰，你都只喝白開水？她楞楞的想混過去，說話的女人又問：昨晚我是不是睡得很死？

同病房的看護妻面對面找她講話令她害怕。陳淑找人講話為推銷負離子產品，她找人聽她講故事。她今天精神較好，昨晚她吃了安眠藥強迫自己睡，不這樣她會一直醒著，像走廊那些虛冷的日光燈，沒有人按開關就不會熄滅。我不知道要怎麼睡覺，她說。去年兒子潛水出事也是在這間醫院走的，她說「也是」，故事裡沒有其他人走了，指的是床上的男人吧。他的病不斷復發，早已是尾聲了，走是遲早的事。去年冬天她開始看身心科，必須得看，藥是醫生開的，必須得吃。她一直欲找人問，她服藥之後有沒有發生什麼事，她怕發生事。她一愛睏就像墳進海底一樣，她知道。又說這次住進來都不知第幾天了，不數了，離家前她在屋子後面種了一些東西，黑白亂種，想來想去也不記得種啥……這藥就像殺草劑一樣，你不要的也殺，要的也殺……這次沒有吩咐人去幫忙澆水，他們會說她多事，身顧不了命了還種菜，她有在注意，兩三日就落一點雨，都是落在日欲暗時……

川金臉扭向廊邊的玻璃窗，窗外和廊內一片枯白，再轉過來面對她不知道在歡喜什麼的臉，川金說：那你要不要回家看看？

她受寵若驚又反反覆覆做不了決定，突然眼淚掉下來，從口袋掏出鎖匙掐在掌中怕它發出聲音，說鎖匙都隨時帶著。

川金啜完那杯冒煙的熱水開始等那個女人歸來。她知道自己太心急了。她倒滾沸的水回來，待降溫再喝，而不直接取溫水，她不信任溫水，給病患的水也得熱水放溫再喝，水蒸氣在杯蓋上結滿水珠，一傾水如雨下。醫院的熱開水比外面都燙，一杯慢口喝完要十幾分鐘。她愈聚精會神接水，愈感覺背後有人，那個女人在問，你都只喝白開水？

她不知不覺加快倒水的速度，放緩喝水和憋尿的時間。病床上男人喚女人的呼求愈來愈長愈來愈弱好像橡皮筋快斷了卻不是斷在緊繃狀態。妻子仍舊沒有名字，糊裡糊塗的一個呢喃，沒有咬字。

護士來理會他，他未求助護士。川金照看的肥嬤叫她，汝好心去幫伊看一下，可憐啦，是不是欲換尿墊仔。

川金只是頻頻探察窗外。她待過窗邊的床位，陪病躺椅嵌入窗框下一道拳頭深的凹槽，人像隻蝙蝠斂掛在那。密閉的窗外有一片大大的平台，清晨起身她扭頭張望，玻璃像進了露水，不同的室內外溫差泛起不同程度的茫霧，平台上直立一支白桿子，旗桿或者是傘插，總感覺外面站著一個人。

她手指勾著空杯不知第幾遍路過廊邊，烏賊的墨汁在玻璃窗外那大杯水中暈開，如果有人大步奔走會暈染得更快。

她燙傷了左手食指連接虎口，拿隻冰袋敷著，飼飯時它吸在手背上好像也在吃。他們還沒找到鄰床的看護妻，電話無人接。床上肥嬤講過一遍又一遍，一定是返去洗一個身軀，換一襲衫，伊總要返去一趟，厝內看看咧，我腳若會行，我也走返去……護士走到跟前，瞧川金那副事不干己的模樣，搖頭出去了。

門外有人堵著那護士，說某某人說，某某護士認識這床病人，他們同村，趕緊打電話問問看。

她越獄潛逃，他們快馬加鞭追查她的行蹤。她把病人丟在床上，按理病人還躺在床上，但整個是平的靜的。川金鼓起勇氣走到那床邊，手推著布幔摸到硬梆梆好大一隻腳掌，手爬進帳內被子底下，掐著腳枝連腳板間的凹槽，她手冰，他腳也冰，感覺不到溫度。

她到樓下去，夜間門診人來人往，她游來游去不停的張望，女人一個比一個憂愁，一個比一個更像那個女人。幾桿報夾晾在報架上，她從沒有看報紙的習慣和時間，碰到冰涼的桿子又縮了手。這是醫院裡最大的一片空地，從這裡朝裡面望，像一個大廳堂，二樓兩道樓梯匯集成一座大階梯下來，電影裡面的舞會公主都是從那上面走下來。

牆壁上有各科醫生簡介，她找到簡醫師的名字，看著他的相片，怪他為什麼這時候去離島。另一欄張貼許多病患和家屬寫的感謝函和卡片，寫來寫去大概都是「無微不至」那種話，但給簡醫師的多了使病人「健步如飛」的讚美。

她頭一次在駐院期間給陳淑打電話，她並未說啥，但還是讓陳淑技巧豐富的給問出來，陳淑還很擅長為她總而言之：也就是說，你總是幫助別人脫身，自己卻困在那裡，心情很鬱卒，好像欠他們的！

第四章

稀樹

村莊廟慶，曾國餘兩手抱胸站在邊上望著，下巴抬得高高的，想跟他打招呼的人等不到他臉放下來就算了。他忽然想起阿燦，尋尋覓覓，眼睛變得傳神。轎子某種程度也是一種飛行器，有轎子抬阿燦必定抬轎子，沒有，也是擠在人群擁擠那當中，落單的燦嫂則一副望雨興嘆的迷茫樣。

他覺得阿燦應該看到他了，裝作沒有也裝得真像。他跟他肩並肩，問：我們廟跟他們廟結拜多久啊？阿燦歡歡喜喜道來，再扭頭看誰人，這樣開始了往來。不過阿燦恍似沒有上他家喝過百香果茶那回事，燦嫂更是，他說著說著好像硬要跟人家套交情似的。

他請阿燦幫忙做點事，例如打理屋邊空地，他偶爾朝那邊張望，他二姊說的，要觀一下。也是二姊的話，什麼鍋配什麼蓋。燦哥燦嫂待在荒地上有如散落的一隻鍋與蓋，使得荒地像是殘破的家園。對於許多落井下石的俗語，例如：救急不救窮、貧賤夫妻百世哀，之類的，他現今的想法是，未必。丈夫認真示範，妻子拖拖拉拉，丈夫時而鼓勵時而咆哮，兩人連名帶姓斥責對方，不一下阿燦在幫她抓背、剃掉衣服上的草刺，兩人耳語，笑得上氣不接下氣，總歸是在陽光下草地上玩耍，不是什麼有錢能使鬼推磨。他倆這一流連，國餘相信毒解了，地活起來了。

屋子南邊築有園圃供住客吹風閒坐，屋子西北邊荒置的區塊民宿開業前才想到應該整一整，他二姊使用殺草劑被他撞見阻止，兩人大吵一架，就這樣一直曠著。毒藥灼身後凝重焦涸的景象，他自樓上窗口張望，一片戰火後的死寂。

那次吵架二姊說他，你怎麼那麼怕死啊！最近他又學到一句俗語：自己的狗咬沒癀。小時候自己治療傷口，要是外圍出現一圈紅腫，阿母就說發癀了，得要去看醫生。這句話意思是被自己家的狗咬傷不會發炎，相對的被自家人所傷也比較沒關係。那次吵架他衝口而出，給她知道用殺草劑就慘了！「她」當然是指他老婆，這下二姊又更看不起他了。

雨後災區漸漸變成一種如老照片的褐褐蒼蒼，待毒性過去要好好整頓都只是閒來想想。幾撮青草等不及探訪冒出頭來，好像死而復生，很不真實。他跟阿燦說，這要找人用牛或是農耕機來犁一下，看要多少錢。阿燦飛揚一笑說：草喔，草我來就好啊。說真的他並不想動用外力，牛或機器一來二姊鐵定知道。他錯了，阿燦來，二姊更會知道。二姊在阿燦的豐功偉業補上這一件，幾年前政府有一項八千八百萬擴大就業輔導政策，阿燦受雇在母校打打雜，恐怕是太閒，閒到校區所有的草枝，沒管是大叢細叢要的不要的全部被他拔光光！連人家老師種在花圃內的迷迭香也揪起來。

民宿花圃種有迷迭香，有一天阿燦問他，這有味的草叫啥名？他趁機開他玩笑，他完全聽不懂，只顧著問，蝶是蝴蝶的蝶嗎？一個失去的失，再加辶字邊。他提手凌空寫一個大大的辶字邊，好似指揮的手勢。應該是一個失去的失，足字邊，迷失然後跌倒！阿燦自己說自己笑；又問，那個迭是什麼意思？他隨口說更替更迭就好，卻不知怎麼的說要去查字典再告訴他。

討回來那塊地上出現百香果、番茄、甘蔗，問阿燦哪來的，都說，我們附近有，連培育方法也是從附近觀察來的，「附近」兩字說得特別親切柔軟，拖個尾音，聽起來好像「附巾仔」，應該是燦嫂那邊的口音。他總覺得是順手牽羊來的，阿燦有一種無中生有的歡喜。連嬌滴滴的草莓都種了，兩個破竹簍倒扣，裡面幾片薄葉，孵出幾顆紅光小莓給春天首批來客亮亮眼，有海風的鹹鮮味，客人說。

甚至還種上了他所謂的昨日冰花。曾經江湖盛傳神祕的冰花一夕爆紅的冰花，嚼過冰花沙拉的人對那夢幻的口感都嘖嘖稱奇，唯獨他家餘嫂敬謝不敏，像咬冰鎮保麗龍她說。不過兩三年，到處冰花，不稀罕之後餘嫂反而提起，她說她喜歡冰花葉子那好像裹著一層「霧淞」的樣子。阿燦幫她種上一小格，她用來擺盤。阿燦私下問他那兩個字怎麼寫，一副要認真牢記的樣子，不一會突然想起年輕時曾經上山賞雪，舌燦蓮花地描述霧淞封樹的景象給他知道，燦嫂，他當年的女朋友被凍得白蒼蒼攝像多美又多美。餘嫂喜歡在太陽初升之時去探望冰花，葉子上面餘有一顆顆結晶冰珠，她說不只圓的，還有方的。冰花再度令他嘖嘖稱奇。

阿燦可以幫他跑腿買東西、加油驗車，一些外頭瑣事，他總是給一張藍色鈔票，阿燦嘻笑，哇啊，青牛公喔！有時他領他到屋內，趁妻子不在家。燦嫂進屋不超過十步，光在門邊和室門口待著，有一種明哲保身不想涉入太深的感覺，依舊先前那坐姿，兩腿併攏伸直，頭仰靠門框，挺胸，閉目養神。她待在那兒令他放心，好像把風，做這件事有失男子氣概也不能讓他二姊撞見。

園圃裡種點香草，屋宅內外某個角落拼貼馬賽克，似乎是民宿都會有的照樣造句，他妻子主意浴室鋪小磁磚，他二姊說難清洗，妻子堅持，砌了兩間馬賽克浴室，一藍一綠，洗澡如沐海藍浪沫綠茵白花之中。妻子統攬打掃工作，厚待他負責那兩間浴室就好。他愈洗愈知道苦，刷存在感的苦，細小溝槽密密麻麻，槽內黃污有如牙垢，他厭惡那種黃，眼白裡疲倦不堪的黃，刷動時好像消失了，不能停，一停馬上又出現。牙刷來回磨擦，搭配使用菜瓜布，阿燦去菜市場找來不宜讓妻子看見的刷毛強硬的刷子，除了清潔劑，在妻子提醒下還要用漂白水。蹲在那裡密集狂刷個二十分鐘，何止天旋地轉眼花撩亂，所有關節都僵了，整個人缺氧窒息。

沒有人喜歡做這種事，尤其男人，頭一次阿燦尚未說什麼，第二次阿燦站起來邊沖水邊問：你前世人是犯什麼罪？你女人叫你做這個？他未聽清楚，阿燦再問，又說挖井多艱苦，洗井更艱苦。他作勢要扁他，他更賊笑，吼喔！有小三！他們在樓上笑鬧開來，笑得極為奸爽，弄得一身濕，下樓來，燦嫂說，你們好像在鴛鴦戲水喔！後來，他竟好像沒有阿燦沒法做這件事，和阿燦一起做得特別起勁。他負責綠，阿燦負責藍，比賽誰刷得白，刷得格格分明。

到底有沒有？阿燦逗弄他。他笑而不答，阿燦不問了，他又想說給他聽，幸而克制住了。有一回在戶外，他將話題導向島上各個特色民宿，他著重建築物，阿燦了解所在地，他說，那個什麼村啊？從錦水一條路彎入去，那裡很多人在養蚵，以前他們上學不是騎腳踏車來的嗎……

阿燦早就說出「竹排」來了，等著他話講完。沒讀書的人得花很多時間等有讀書的人把話講完，這也是沒辦法的事。

……那裡有一間民宿怎麼蓋得那麼靠近海，海水都淹到他們那矮矮的圍牆邊了……

嘿，我知道，阿燦等不及說了，我們去過，那次燦嫂，燦嫂叫得有那麼點得意洋洋，靜靜在那裡，說要等看海水湧進人家院子，我跟她說那天潮汐就只到那邊啦，開始退潮了。

他話說完，才問阿燦說啥。阿燦說燦嫂無論怎麼教，是不懂潮汐的，那間愛浪漫的屋子平常時沒問題，愛給海水搔癢，就不要大潮遇到一個颱瘋，瘋掉的瘋，搞不好一粒小小的颱風就完了！海嘯還得了！聽說吃素，住一晚還不少錢！那個民宿的女人出來跟燦嫂開講，我看她生得圓圓水水的，就故意叫一聲「同學！」她說她沒跟我同學，問她哪一屆的，不肯講，問她有沒有給屠老教過，坐公車戴安全帽那一個「老書」，她就一直偷笑，燦嫂罵我世界無聊，趕我走，兩個女人一人拿一瓶可樂，坐在那邊一直講到天暗濛濛。

他文文地笑，問，有沒有再去？

阿燦說他們是廟慶去看熱鬧，看到差不多了就逛一逛，走到碼頭看見一間房子砌得比碼頭還凸出去，就知道是做民宿的，招搖，腳沒踏在土，做民宿的人目睭沒看耳仔也沒聽，沒聽見鑼鼓聲？也沒在管社內剩沒幾隻貓兒要出來鬥鬧熱，不知天亦不知地，不知月娘是照咱農曆在行的，只知道聖誕節要掛聖誕樹……喔，這就最奇怪了，兩個人講得那麼歡喜，只差沒結拜，下次再去，我也當作燦嫂會去找她，遠遠看一下，連走過去都不要咧，這個女人。

呵，你好不了解燦嫂，那次聊什麼她沒說？

女人心海底針，水拱來拱去，沒聽著半句！

阿燦皺起眉頭臉半扭嘴嘟著，思索關於它還有什麼可說的，完全看出他對這個話題意猶未盡。

喔，那間民宿照顧樹仔不止厲害，樹仔頭好壯壯這大欉，真勇，啥品種，吃重鹹，海風搧不倒，掛很多小星星，在那一閃一閃亮晶晶抖來抖去，不是像那些民宿，樹仔瘦而薄板，死再種，種再死，反正那些人錢多多。

大概意識到國餘家民宿正是這種樹有一棵沒一棵的，阿燦轉問，你自己去還是跟餘嫂？

一起。

一起？

阿燦靜靜等著他描述。他欲言又止。關係到餘嫂，阿燦認真聽詳細，阿燦一正經，他便心虛。

那年春尾，他們租了一部車，到處看民宿。許多年來，只有那幾天，妻子從頭到尾情緒穩定，言語馴良，穿著淺色衣服比深色多，像從虎口拖回來的羊珍惜著失而復得的一切。他們從遠處的民宿看起，再來到他居住的鄉村，少年時就學的學區，拼圖越切割越小越有細節，對他不再是意境地圖，不再只是一堆地名。無論去哪從不看地圖的妻子一直拿著車上配備的一張地圖，在他旁邊張張摺摺，到她手裡那地圖彷彿是個有生命的東西，不受控的一下子伸張一下子收攏，她既像要救活牠，又像要弄死牠。

他們完全拋開網路，搖下車窗，逐村遊走，他不嫌麻煩的把車拐進各個村落，只為試探那些沒沒無名的小巷路有無可能，以及身旁女伴的耐性和好奇心，瞧似乎是民宿的房子便下車，似曾相識的東張西望一番。

從地圖上看來，她說這個鄉像個傾一邊的葫蘆。她提醒他漏掉了竹排村，村莊或多或少分布在大路兩旁，獨它得經由錦水村進入。他說錦水村是鄉里的行政中心，有駐軍、警局、教堂、代書、計程車行、菸酒公賣局，相對的，竹排村好像什麼都沒有。班上幾個竹排來的男孩子後來都去讀軍校，最喜歡唱歌懷著星夢的女孩子也是竹排來的，他忘了是什麼季節，她每天帶一顆石榴來學校看誰要吃，他以為那邊種很多石榴。

妻子驚訝，就這樣？比你們村子還小。

他話未說完，只轉了個彎，村子到了盡頭，海面上有一些游渣和川燙豬肉似的浮沫集結在一塊。

他有意倒回去鑽繞陋巷死路，遲遲的車胎聲引得村民出來等著看這台車進退兩難，生活實在無聊，抑或是不忍心車子碰撞，有人自動充當起觸碰警報。妻子仰臉叫了一聲，還有這個！好久沒看到了！圍牆上長著參差不齊的玻璃牙子，感覺玻璃還利著，車胎會被刺穿，妻子更說製造一排刀山懲戒小偷的人該不會還活著，正從屋子某個裂縫張望兩個人鬼鬼祟祟。

妻子發現新大陸，在他轉彎那當下，遠遠瞥見不屬於這個聚落欲將海潮圈在院子一棟奶油白別墅，招架風浪的院牆和樹木在風平浪靜時依然端著記恨的姿態。

他斷定是私宅，反使得妻子想證實而走上前去，且頻頻回頭邀他同往。

這一分開，頓時感覺兩人朝夕相處好似整整一季了，天氣變得好熱。他蹲在岸邊看一個鬍鬚男釣魚。他跟那男人打探那房子。有嗎？男人朝東瞇望了一下，繼續看著浮標。你不是這裡人？他問。你才不是這裡人！釣魚的男人回他。他起身有那麼幾秒真的也沒看見什麼房子，彷彿海市蜃樓，消失了那房子。

白房子和兩個穿白衣衫的女人，連接淺藍牛仔褲的是妻子沒什麼好看，一襲白洋裝的女人卻眼熟。他認識的女人就她愛穿寬鬆如睡袍的白裙裝，不年輕了，還穿一層層放大圓周的「蛋糕裙」，他曾在妻子和女兒對話中聽過這詞，看到實體的蛋糕裙呵呵笑了兩聲。下班車潮湧現城市窒悶到極點，奶油香濃到極點，她出來跟他見面，解除身上花俏的圍裙，散逸的白洋裝使她看起來像懷孕，懷孕的女人像融化的奶油，一點也不需要提防。

他趨前幾步，白洋裝兩手搖擺，轉起圈來，他急忙躲上車，這反應嚇到自己，好像釣竿上的餌動了，進入警備狀態。他戴上帽子，將那張地圖攤在發燙的擋風玻璃上。

他一向不喜歡人不親土親那一套，甚至有某種害怕攀親帶故的小島情結，卻在初見面時，憑直覺而非口音，跟她套這層關係。她直接把範圍縮小到她生長的村莊，卻不願意說出幾年次；他則相反，村落不提也罷，只說竹排村他知道啊。她猜他一定市鎮上的人，隔鄉如隔山，自嗨地猛講鄉下事給他聽。

她說他們騎腳踏車上學，出了村莊一路北上，冬天像在踩風車，腳練得很有力，每次看到跳水上芭蕾的腳就想到風中芭蕾。村莊的女生總是一起，一起展風神一起倒楣，順利的祕訣是騎在最前頭那個莫回頭看後面，但老人家說是不要跟阿慶師打招呼，阿慶師是腳踏車師傅，現在還活著，來他們村子的陌生人十個有八個是找他的。

說到以前在家鄉不曾真正穿過裙子，終年穿褲裝騎腳踏車上學，升旗前才急忙把國旗藍的學生裙套上去，現在天天穿裙子，穿裙子走路有風。他叫她出來讓他瞧瞧，好像站在一座蛋糕裡的她當真自櫃檯走出來，在他面前轉個圈，他馬上知道這是個可愛的傻妹。外遇初犯的他儘管在她面前扮演情場老手，她什麼都能脫，就是不脫裙子，好像一波潮水曳在那兒。上了床之後，他又覺得她是在裝傻，不知道是誰釣到了誰。

她經營一間超小的蛋糕甜點店，所有工作一手包辦，初次見面即告訴他，等她賺夠錢，她要回去蓋一間很美很美的房子，所有設計都自己來，她一有空就翻建築設計的書籍。那時民宿尚未大流行，說要回去蓋一間房子是美的，蓋一間房子一開始就說要做民宿，沒有占有欲，好像也不用對它情有獨鍾了。

妻子坐進車裡含糊不清地說了一番話：那裡一個一下子說是外地來的一下子又說是返鄉的女人，一間尚未有名字也許明天就取也許就不取名要讓人家花更多形容詞去指認的民宿，「你不覺得嗎？」海邊的女人和海邊的房子深受週期之苦，日月星辰金木水火土所有週期，她會老得特別快，有多揮霍就老得多囟。突然間她好像對開民宿萬念俱灰，闔著眼昏昏欲睡。

他滿腦子問號，似開著一台爆胎的車吞吞吐吐穿行竹排村，無一間像樣的像民宿的房屋，也無人出來探尋詭異的車聲。

那個下午波濤洶湧的思緒平復後，他坦然了，人需要種種切入記憶的逼真來調適返鄉心情。那年他與蛋糕裙的往來妻子未察覺，訂了蛋糕不來取至少會問一聲，他就此消失，蛋糕裙也不追問，一趟沒有塔台關照的飛行。現在能沾上邊的跟阿燦說說竹排村和那座奶油白的房子也好，人親土親。

阿燦很當一回事地跑去察看那個富有特色的民宿花園，煞有其事地將所有樹仔撫摸嗅聞一番。錦水派出所的警察來了，問他幹麼在人家院子偷雞摸狗，他實話實說，邊偷瞄躲在樓上窗簾後面的女人，警察要他帶他去看缺好樹木的民宿在哪，否則跟他回警察局。那個無聊的警察當真騎著車一路跟他來到村子，看到民宿花草還好，樹快枯萎，就卯起來猛推銷免費的木麻黃樹苗，不管阿燦直說我們想種那種不怕鹹水大大葉的樹仔，較稀罕的樹仔。

阿燦在刷洗浴室水花噴濺時跟他講這事，不管真的假的，都足以讓他笑得回聲四起。幾天後他當真看見窗外一個警察在和妻子搭訕，稱得上帥氣十足的警察滑動手機裡的照片，好像在詢問某個嫌疑犯。他二姊比他更緊張一下子衝到院子上去。他學會了避免與兩個女人同在一處。

笑死人！長出來我都要砍掉它了還種木麻黃？你不要笑死人好不

好？

二姊在那喧嚷不休，他不得不離開窗邊。他一出現妻子狠瞪他一眼，快步進屋。二姊也走了，邊念叨，沒有人在門口種木麻黃的啦，掃那若棕蓑的葉仔掃到你哭，那是一堆又一堆，若生做好看還甘願掃，還是你要來幫忙掃？

無視這種尷尬，彬彬有禮的警察建議他申請兩棵木麻黃來種看看，他可以幫忙將樹苗送過來。幾分鐘談話下來，他感覺這人不是警察，是一名植物學家、環保長官，正在勸導無知的民眾改變想法。

受到二姊慫恿，他阿爸拄著拐杖來看什麼「不麻煩」，喃喃不麻煩不就是好，阿真怎會一直講不麻煩不好咧？

好不容易勸開了阿爸，警察出示手機裡的照片，綠濛濛一片，排列整齊的樹苗如一支綠衫軍。不讓警察專美於前，他憶起從前的路樹和校樹也頗像一回事，山軍綠的木麻黃高大，湖水青的木麻黃較為低矮柔軟，教室後窗外一排，隨書聲琴韻搖曳，怎麼照片中苗圃的木麻黃顏色偏淡。

警察說眼見為憑，長大後才算數，若不是你心目中的樣子，也許下一輪會種你說的那品種的木麻黃，再請你來看看。他終於忍不住問，推廣植樹也是警察的業務？

警察拗響指關節，垂著臉微笑，說他的高中導師國文老師，退休後從事文化采風工作，曾經跟他抱怨，從前的木麻黃多美多防風，怎麼現在變成一大堆南洋杉，什麼時候聽過木麻黃壓傷人，南洋杉倒下是會壓傷人的。他很尊敬也很相信這位老師。警察跨上機車再度露出迷死人的微笑，說，你知道最近我們新增一項業務是什麼嗎？站在提款機旁邊，負責盯著靠近提款機的人，勸導他們不要被騙了！發動了車，又說，我外婆家在苗圃那邊，種樹那個人我從小就認識。

好吧！給我兩三棵種種看吧！他說。

第五章　眼科

一支嗩吶串著牛聲馬喉直直逼過來，鬧熱滾滾，大家都爬起了，剩她還坐在那，她知道沒她的事情。

護士的手冷吱吱直直推她出去。她站在門口看鐵門降落，護士一粒頭跟著門低懸落來，一臉顛倒驚痕。她聞到檳榔的腥味，嚼髒話的男人起腳踹門，整片鐵板都在顫抖，一柱血紅濺在門上。

踱到路口她想起姑姑，仰著臉往回走。樓上有幾個人像旗竿插在頂頭，這畢竟罕得見，抬棺抗議。

她望見姑姑高高在上被陽台托著，想不認得都不行，她頭頂戴個像浴帽的東西，手在額上搭手篷，神仙旁邊的千里眼就這姿態，不過她望下不是望遠。她眼瞇成扣眼看姑姑也瞇成扣眼。斜對面這間眼科就是姑姑介紹給她的。

她在市區四處找眼科，終於發現另外一間，鐵門降一半，護士下腰出來，說三點開門。她在街上亂走，想著若被姑姑撞見呢。姑姑常招她來，也常說病痛，她啐啐等我有閒，姑姑在電話裡大聲，你是要等我死才要來嗎？

實在不知道姑姑找她去家裡做什麼，喝茶聊天她又不會。姑姑說她喝的茶貴參參，存省著喝。姑姑住的那樓上比她跟妹妹港都的房子早買好多年，一個家族鋪設據點，順序一定是這樣的，村再鎮再市，一路下去。以前姑姑打電話說今晚不回來，就是住那兒，可以講這句話好像挺驕傲的。她最記得附近有個正方形的小公園，中間供奉一尊穿長裙的外國修女的雕像，修女坐著，看起來很壯。阿母聽人問起，才知姑姑對外宣稱房子是她買的。阿爸答覆村人，那不成錢啦，一間兒若菜櫥子。那房子不光阿爸拿錢，還跟五個兒子都要了錢，姑姑也出一份，名字當然是阿爸的。兒子有話講，阿爸講伊在市區上二十幾年班，在那買厝很對啊，住到伊老……兒子喃喃，伊若活一百歲咧？阿爸火冒三丈訓人，汝就鼓力活比伊更久啊！阿母警告兒女莫再講那房子，免得又聽見那套經文，伊四個月沒父，八歲沒母，一個大姊十幾歲也死去，大姑叫伊去都市欲栽培伊，伊依著這個家……。

她稍不注意看進人家家裡，怎麼不做店面也亂成一團，樓底住久了也不在意路過的眼神，好像住樓頂的人看見一隻鳥兒飛過去。她寧可仰望對街樓上的陽台，越看越高，家家戶戶像一個大抽屜。她提醒自己吃東西，趕緊找一間兩點看診的眼科。

她在商家外的走廊繞來繞去，跨越光閃閃的路面到下一個島型的街區，她愈來愈知道不可能再找到一間眼科，連三點開門那間也弄丟了。她再次瞄到玻璃櫥窗裡那隻貓，看牠在布置成海底世界的櫥窗內探頭探腦，在瞎忙老半天的她看來有一點欠揍。再多看兩眼她覺得牠想引她注意跟她互動，一下子發球一下子接球，不覺放下敵意還笑了。牠圓滾滾的眼珠指望著她，好像在說話：我要出去，放我出去……可愛到令人懷疑是隻整人的機器貓。她拙笨地挪動身軀，回應牠的一舉一動。牠舉起爪子，動作像招財貓，臉仰高，撲通撞上櫥窗玻璃。她乾眨眼睛停止可笑的動作，發覺牠動得更厲害，對她視而不見，該不會這是一隻和她一樣眼睛快完蛋了但還是很龜毛的貓。牠那好像要滾出來的眼珠繞著一個中心打轉，突然生氣用力一彈跳，牽動她懸起下巴扭頭向上望，喔噢，三隻無三枝毛的鳥仔在廊簷下泥巢裡目睭晶瞳瞳驚得皮皮剉。

她經過好幾個不知做什麼的店面，不知不覺張望裡面有無寵物，她走出廊外瞇著眼移動，想知道養一隻貓在櫥窗那店叫什麼名，也許她會再來看貓隔空抓鳥。

她一直記得它叫「龍貓潛水」。這個名字使她想起二哥交代的事，有空去市區看看龔龍有沒有好好去補習。補習班開頭也有一個「龍」字，第二個字沒有線索早就忘了。她沒去找補習班，那天一直走一直走，走到一張冥紙浪蕩到腳邊，又一張，她便回家去了。

她前後給那間眼科打過無數通電話，閉著眼睛也能撥號。有一天姑姑主動提起那間眼科，幸災樂禍的說它被抬棺撒冥紙，這一亂，鐵門拉下來一個多月，聽說醫生去國外看孩子了，竟然不是醫德是醫術出問題，診斷錯誤延誤外送害人沒命，之前就聽說這個醫生把聽診器伸進衣服，會故意在那邊逗留，假樣找無心臟……姑姑常常說著說著就不裝斯文了……那隻豬哥手，一條路走幾十年眼睛瞎了也會走，在那假樣摸沒路，都不知那些女的是怎樣還要把胸坎送過去，鐵遇到磁鐵當然……又說她跟他沒接觸，傍晚遇過幾遍，那個人眼神很腥……

川金喃喃怎沒跟我講。姑姑笑得沒品，你勇得像隻牛哪需要醫生，何況一定是找那種妖嬌的下手。

川金想也知道是家醫科醫生惹的禍，與從外地娶回來的眼科醫生妻子無關，眼的毛病最壞就是瞎掉，不至於死掉吧。

從前村裡有一個竹婆，大家說她瞎了以後做的事比眼睛亮著的時候還多還好，不相信的人不作聲佔觀兩回，就都相信了。單說除草，這種以前看不上眼的活做得比以前仔細，一手摸草一手下鋤，草被催眠死得甘願，從厝前路邊到田園一路順過去，草在牆腳倒成一排，頭是頭，尾是尾，好像只是暫時躺落休息。陳淑叮嚀莫黑白看，她會作法，那草會再活起。她一直偷瞄，竹婆輕鬆蹲著，好像一隻鴨子。男同學起鬨推派猜拳輸的人伸手到她眼前，看她是不是真瞎。個兒最嬌小的鄭文勇自告奮勇，路隊暫停大家盯著他那隻手刀慢慢靠近。

川金記得她阿母講到竹婆的眼睛說了一句話，「沒日頭也有月娘！」她阿母眼睛也不好，常常抓衣角來擦眼睛，她以前回家一定會幫她買眼藥水，一種叫「參天潤澤」的眼藥水，感覺她的目仁愈點愈淡。

她記得竹婆跟她一樣左手拿工具。她累了就閤眼做事，順便練習眼不見的生活，失去其他器官可沒辦法預習。盲目適應，讓人感覺到屋子與自身是存在的。

陰雨天她阿爸和二哥接連打電話來。他們習慣看氣象預報，掌握孩子居住地和家鄉的天氣。泥土濕軟的上午照理她會待在屋院，阿爸一定會打來，鈴聲穿過水簾，劈頭就問，有落雨沒啊？今日報七十。降雨機率數據化更增降雨的可信度。不止這樣，阿爸誘導她進一步描述雨聲雨量，以及泥土潮濕的程度，落雨天的清閒，溫熱的話筒最知道。聽她硬是反覆回答落一陣子、落一點兒，他還有點失望。難得雨水刷白屋外片面的景象，群嶼游移，嚴重干擾聽力，她終於說出落真大陣！阿爸望穿汪洋，有時哇有時喔的讚嘆。

這天，她始終閉著眼，分別告訴他們，落一陣子。尾音揚起，閉著眼說，才知曉這句話聽起來跟「落一船仔」一模一樣。

二哥掛斷電話又打過來，把聾龍看到的事情告訴她，她趕緊睜開眼睛，原來她的眼睛不能說閉就閉，她模擬世界一片漆黑的行為嚇到了小孩。

他說姑姑，除了燒香拜拜閉著眼睛，吃飯的時候，連夾菜都閉著眼睛，在家裡走來走去，洗碗，講電話，拿東西找東西，開燈關燈，眼睛都沒張開，嘴沒在動，可是我又好像有聽到她在講話，我嘴也沒動，心裡講的話，她好像有聽到眼睛突然睜得好開，嚇死人了，都作惡夢……

沒閉，我瞇著，那麼大一個人，他在怕什麼……累就休息，醫生都說，最好就是多休息……不會了，我會跟他相對看……她乾笑掩飾羞惱。

結束談話前二哥又問起雨，她直起下巴，眼睜了又閉，說落一下子，尾音揚起，聽起來像「落一鍋仔」。

她儘早上床，盡情闔上眼睛。闔上眼睛屋子也就蓋上了盒蓋，異常的電話往返像蝙蝠飛來繞去，暗懸在洞穴盡頭。她的眼睛一直在監視著耳朵，眼珠鼓脹成變形的水珠，耳底傳來滴水聲。

聾龍在收拾行李，雖然房門關著，她都知道。

臨別前一日聾龍買了一杯珍珠奶茶，趕在珍珠變硬前回來，屋底屋外尋喚「古咕」。

小犬末舞吠通知，大概看川金去翻弄那片不屬於他們的野外看傻眼了，或者是她警告過牠莫叫，她感覺有人，人已經走近，她馬上起身，大步跨躍出田頭那片荒草叢，像一隻水蛙泃泃跳出來。天眼斜出海面，剩下肉眼，那螢光綠的運動衫，她知曉是聾龍，但第一眼看成是她二哥。

珍珠奶茶教會孩子人生的兩難與折衷，少糖微冰，冰使珍珠變硬，但不冰不甜又不暢快。他搖晃杯子，搖晃籤筒那麼老練參透，碎冰哐啷哐啷。她鼓起臉頰猛然長吸上一口，黑珍珠圓滾滾像泡在泥巴水中的蛙眼，一顆顆列隊升起，滑入苦燥的嘴。

你飛機票買了？她咀著彈牙的珍珠問他，小犬昂聲訓吠。

「拔拔」說……那個……姑婆家離我補習班不遠，用走的就會到……聾龍內疚的擠出這話，否則她會嗆得更凶，她萬萬沒想到他準備搬去姑婆那，姑婆家聽起來好像一個什麼無人島。

她窩在草澤中的腳在田土上回溫，無言以對，不停用那根比門牙粗的吸管呼吸所剩無幾的珍珠，像個潛水夫似的。

天色從日暗加長成日暗矇矇。聾龍複習起他小時候和返鄉集合的堂兄弟姊妹比賽記誦的顏色形容詞，踏步踏的節奏，每下一個重音好像就有一個跟班加入行列：

烏趖趖、烏罵罵、白蒼蒼、白泡泡、紅吱吱、青冷冷、青恂恂、黃兮兮、黃錦錦……

暗黑中飄浮著一對對有色的眼睛。

她跟他解釋烏趖趖的趖這個音，是蛇爬的動作，「一尾蛇在那趖來趖去」，其實天不會暗到烏趖趖，那麼深到看不見東西的黑是墨賊仔的墨汁了。

聾龍搬走後她擔心下一通來電不妙，也許姑姑也許二哥或聾龍，其他人不知道聾龍回鄉下來。一禮拜靜悄悄，接下來每回手忙腳亂進屋鈴聲就斷了，終於接到電話，但願之前所有電話都是她打的。

你的眼睛還好嗎？李醫師問候你！明天早上要不要過來看看？診所老護士的聲音她認得。

這天日頭大到眼睛睜不開，這也沒什麼了，習慣就好，到處是刺蝟一般的芒刺，她也是隻刺蝟，怕的是颳起穿金戴銀的焚風，瞬息漫空滾白黃霧，眼科醫師的警告都當耳邊風，不戴墨鏡也不迴避，直朝日頭底下那大片愁雲慘霧望，想弄明白飄雨抑或是陽塵，她懷疑雨滴尚未到她身上就乾枯了。

下午她來到診所發現自己又撞錯日子了。一群孩子和他們的阿嬤媽媽有如開同樂會，她坐一會才曉得他們號碼都掛在她前面，只是出去吃個東西望遠凝視再回來。他們來做視力檢查，好向學校交差。他們說李醫師看一個病人平均十五分鐘，哪像某某眼科視力檢查表都隨便比一比，你要醫生勾一勾直接簽名就走也可以，如果你是眼睛痛，他連眼皮都沒翻就開藥了，哪像李醫師這台機器那台機器對著你的眼睛一直看。另一組人在討論診所重新開張牆上多出來那幅畫，她們都知道畫的是希臘，哪邊哪家民宿走希臘風她們也知道。

川金起身觀賞那幅畫，潔白的房子純藍的海，耳朵聽到小孩細聲說：我以為剛剛坐在這裡那個人是盲人……她眼睛好紅……大人小孩邊噓邊竊笑。女人說這個是我的，那兩個不是，他媽媽拜託我順便，他散瞳劑點來點去也沒效，真的近視了，不戴眼鏡不行了，要不然就要戴角膜塑形片，他是還有斜視要矯正，我們這個問題比較小……可憐啊，沒一個眼睛好的，以後生意最好就眼科了。

小時候她最討厭檢查眼睛了，她走出去，在場八名小童，至少得等一個半鐘頭。

路邊圍牆漆得像畫中的房子，白到使人驚脅。洗衣粉廣告總說白帥帥，她覺得應該是白摔摔，白到害人摔倒。但是畫中那麼藍的海該怎麼強調，還是青泠泠？藍色和綠色本是一家？藍色怎麼形容？

她花了李醫師看一個半孩童的時間，離開那些不白不美的房子，隔著柏油路再一條大斜坡路下去，海橫在那邊，在天空光芒萬丈下既不是藍色，也不像液體，也看不見像畫中平整一條海平面，就是金銅銅一片。政府在這邊放煙火，從她家可以遠遠直接望見，可見她家就在這片海的某一個方向。

她背著日頭走回頭路，兩眼像白晝的蝸牛自動縮在殼底。她回診所確定燈號，吹一下冷氣，離開診所轉另一個方向。

她繞行商店街，想應該來買一頂帽子，能戴進市區的帽子。

店面花花綠綠，滿牆泳衣陽傘墨鏡和帽子，看一眼就知曉不是她要找的那種哀悼熱天的素帽子。帽子，是模仔茂仔抑是磨仔？她難得逛街，難得牙牙磨語消磨時間。

她又回診所一趟，照燈號看來，再出去遊蕩一遍就差不多了。她想到可以去看那隻癡心妄想的貓。

就那幾個街格，她找不到貓在櫥窗，也不見那間潛水用品店，倒是找著許多簷凹下的鳥巢，沒貓狠霸霸，鳥仔憨呆呆。

她走騎樓外，舉頭辨識商店招牌，很多字很久沒用變得很奇怪，筆畫越少越奇怪，只有長得像蜈蚣的「龍」字不會有問題。眼睛痠澀刺痛，又怕過號，她倒回診所，此岸彼岸猛張望，簡直亂槍打鳥。

真有個龍字開頭的補習班，招牌特別高大，她眨著眼朝裡面看，腳步躊躇起來。淺淺的門面有個女人背對門口站在櫃檯前，背板沒寫字卻讀得出來：姑姑。低坐在櫃檯內的人探出一張粉臉向門外招呼，歡迎……

她一口氣奔回診所，診間門板晃來晃去。鳥差點自己飛到貓面前了。受詛咒的地方是安全的，姑姑絕對不會進來。

牆上一排排梳齒狀的「E」晃來晃去，哪管梳子耙子，使用都開口朝下，朝下的手勢比得最順。在左邊那部機台上張目對日，李醫師說她的角膜破皮，結膜發炎，這次又聽到一個詞，「乾眼症」；在右邊那部機台上，李醫師總先預告：吹一下風。然後護士在她眼裡點麻醉藥，再回到左邊那部機台，李醫師透過視窗用針尖挑除眼瞼內特別突出的顆粒，麻醉後的眼皮硬梆梆，那感覺像在厚實的岩壁上刮下野蚵。

從小她的眼瞼翻上來白星點點，每回衛生檢查都說是砂眼而被同學排斥，砂眼是會傳染的，她恨抹盤尼西林後油腫的眼睛，好似哭得死去活來的樣子。李醫師說那不是砂眼，是結石，針尖上一顆小白頭，成份和青春痘一樣，這次剔掉幾顆特別扎眼的大砂礫，還有很多小的，意思好像要等野蚵長大再來採收。李醫師說這些結石以及挑起後留下的疤痕會影響分泌系統，眼睛更乾澀。她想起阿母講的，沒日頭也有月娘，聽說月球表面也是坑坑疤疤的，月球低垂覆蓋在她的眼球上面。

李醫師又總是叮囑當心青光眼白內障黃斑病變，抹黑彩虹的幾種疾病，要找時間去大都市大醫院檢查一下眼底。她繼續等待醫師命令她非去不可再說。她剎摩手指，厚重的眼皮幾乎閤了起來。起身前她想起李醫師前陣子的遭遇，特地張大眼睛看一下她，李醫師剪了瀏海，眼睛看起來明亮一點。

當晚電話響了又響，隔天早晨七點不到鈴聲又起。二哥問她昨晚跑去哪。她答眼睛在痛。眼睛痛也能聽電話啊！他說。他找話來轉換語氣，她知道有事了。

龔龍說，姑婆好恐怖，每晚念經念到三更半夜，他放假才知道白天也念好久，念完還搖鈴，傍晚還會站在陽台拜神比手勢，好像還有噴水撒什麼的，他偷聽她講電話，都在講治病的事，有一次他感冒，沒聽她話去給師父調一調，她就發火猛念經，半夜門窗都開起來，妖魔鬼怪都飛進來，隔天他病到沒辦法去看醫生，三天沒去上課，他還發現，姑婆晚上把門鎖起來不給出去，還會偷看偷藏他的東西……

她閉著眼睛聽著，這些事她都看到了。她遲遲不願搭腔。

二哥說了，龔龍說，他想回姑姑那裡。

她半瞇著眼望外看，想今日田上該做哪些事，哪些東西要像結石那樣給挑起來。

第六章

離島的離島

二姊出現在房門口一副心事重重，但還是先問他在這做啥？這幾個紙箱仔是？從回來擺到現在？全是土粉。

他心想，無論她說什麼，都別跟她唱反調。

你知道曾國賓跟郭里仁「搞在一起」嗎？

她是這麼說的，兩手扠腰中氣不足，極力穩住情緒後，叫他有空這幾個紙箱仔要整理一下，轉身就走。

他放開手機，手肘從汗黏的玻璃桌面撕開，呆坐了一會兒，扭頭望了望天空。

妻子請二姊幫忙找人清理客房，來了一個婦人，只知道是某家的兒媳，很勤快，力求表現，妻子說她邊做事邊我們家我們家的說，有一次看見一隻蟑螂，還說我們家從蓋好到現在十幾年了，只看過七隻還八隻蟑螂，總之一年不到一隻，而且是小隻的。

二姊另找一個人來，頭上紮著布巾，跪著做事，他無意中和她若有似無打了照面，直覺是個外村人。妻子和他都覺得請外村人好。二姊說這點兒事又想要機動性，難啊。偶有那種極龜毛的旅人，連頭髮都撿到垃圾筒，噴噴消毒水，根本無須打掃。

二姊說：你知道那天來的那個是郭里仁嗎？這個名字在妻子這種有精神潔癖地域偏見的女人面前最好打住，即使對她有一種反射性的好奇，都應該打住。妻子說她頭巾綁得真好看，比我們畫畫老師還厲害，一定有去哪學……電話鈴響夫妻倆同時動作結束了這話題。

他倒了點瓶裝水在衛生紙上，稍稍擦拭玻璃桌面，順便抹了抹紙箱表皮，妻子畫在上面那兩條魚沉隱於土粉多時線條馬上浮顯出來。魚和紙箱都消了風。

他從冰箱取了兩杯茶凍走進隔壁老家，費勁地讓阿爸聽懂，他不是問國賓去哪？是問國賓睡哪？這個人經常不在家。其實他往後頭房間瞧一瞧不就知曉了，不需和阿爸客套。阿爸食指向上指了兩下，眼歪嘴斜含著一個笑。這個笑是要他別懷疑。

他仰頭楞著，走到窗邊深吐一口氣，透過這個長年向南敞開的舊窗口觀望好一間新房子，他的新家。

兩間房子窗對窗是他提議的。春天不再變臉風不再弄得屋裡到處翻轉，妻子才開啟相對應的這扇窗，灰濛的紗網後面有個小白影，巷道內的光線使它看起來浮晃，就他所知，應該是客廳桌上的白百合。

他轉身打量貼牆架設的木梯，試踩一腳掂掂載重量，舉足輕重，用腳穿越時空是有危險性的。他們小時候爬的木梯，補強過了，才能存活到現在。國賓很會修東修西，國賓也比他輕得多。木梯斜在電視機上，電視節目活蹦亂跳的，阿爸不知在講啥，增加耳朵的負擔，以及爬行時間，他扭著臉留意左側梯子與牆壁的貼合，腳下的梯子也扭出聲音。爬到最後才發現右手邊有一條粗硬的繩索，繫緊船錨那類扎手的老繩索，綁在梯頭，幽他一默，害怕就抓住它啊。

閣樓裡陰暗蘚舊有如廢棄機艙，他一踩上去馬上坐落，正襟危坐消除搖晃，坐著坐著屁股底下的板子厚實起來，漸漸彷彿待在一口長滿藤壺的岩洞。

大概是他們兄弟小學那時，村裡一個體弱多病的高中生被學校留級了兩年，聽說發瘋了，有人說他是睡得比廟裡的神明還要高才變成這樣。那時他們兄弟常翻一本謎語，第一道謎題就是「一點一劃長，一撇到南洋，十字對十字，太陽對月亮。」答案是「廟」。有一日阿母突然想到，雖然沒有樓上，但他們有一間挑高的閣樓，洶洶拱拱命他和國賓從那上面撤下來，交代不行講出去，聽到一個影生百個兒，這話的意思他們很小就懂。

那之後他好像就很少上去了，他不覺得自己膽小無知，只是遭到強制驅離，便遠離了，也許打開國賓的記憶能客觀的看見兄弟是一個怎樣的遠離。他記得國賓會偷溜上去，以為用最少的步數越過樓梯就沒人知道，兩隻腳開成一雙翅膀，妄想一步登天，有一天褲子給扯裂了，默默拿針線在縫，他都假裝不知道。

梯口一堆錢幣，好大一堆。莫非是這堆服貼的錢幣增加了閣樓的平穩。他瞇起眼睛，錢幣的銀光磁影向昏暗深處推移，一片覆滿鱗片的潮浪；也像一層重油污，充滿延展性，密不通風。這大堆錢幣阻止他深入，也不想找電燈開關。

銅臭味腥濃，一股鹽漬把人醃進去。二姊常說真不知道這個人以前是怎麼樣生活的！她兩三個禮拜幫他存一次錢，可能只拿紙鈔，賣魚的零錢盡灑在這兒。存摺也擱在地板上，像登機證手掌那麼大小的摺子叫人敏感。他低頭辨識，無較厚較大的五十元硬幣。他親眼看到一枚五十元硬幣能買三條不小的魚。不都說魚荒，他很驚訝問國賓那是啥？國賓冒出一個像阿爸那種信不信由你的笑，說：「黃浮。」他自己很多字不知不覺改了口音，單單魚這個字始終是「浮」。國賓說人家他們那邊黃魚是一種很貴的魚！意思是天差地遠此黃魚非彼黃魚，兩種黃魚他都不曉得，喃喃念出來比較：黃浮，黃魚，又問：以前怎麼沒看過這種魚？

「哈，以前抓到這種魚就把伊丟返去海！」

魚肚子一片銀白，頭尾鋼藍，打造出來的劍光閃閃也沒這麼漂亮，卻這麼卑賤。他脫口斥國賓誇張。一個逢魚必到的阿伯說：真的啦，外面一層殼，刺比肉還多，省得麻煩，有人不吃，有人不會吃……說著討起國賓腳邊那堆細尾黃浮欲飼貓。國賓再三強調有人要了！阿伯嘴巴喳念：鬼才欲訂細尾黃浮。

他看他們那樣耗著簡直莫名其妙。這些個老頭閒閒沒事愛看買賣，魚品種魚數量魚落誰家都關他事，好像在做什麼漁業調查。魚賣得差不多了，剩一個還不走，聽到車聲扯著嗓門報告今日的漁獲，這時國賓跟他說，明天煎兩條給你吃，沒試不知滋味（沒刺不知滋味），「這郭里仁最愛。」

很久以前一個灰冷的傍晚，灶口忙著的母姊們一口接一口郭里仁，姊姊們講這個名字都好像在講自己的同學。她很小就沒了阿母，阿爸對她做了豬狗不如的事，故事簡單說就是這樣。既然這樣，怎麼阿母叫郭里仁她阿爸名字還熟得若親人。他縮回簾幔後面，假裝不懂，年少時也真的不懂，這種事怎麼人盡皆知還沒有人去救她去打他。後來再有各種荒謬迷信傳說謠言，他都有足夠的理性自我防衛，就這件事成為一個界限，一個犧牲者，被煮食烹調，救不回來，其他都無所謂了。

他們都在都市裡討生活時他曾禮貌性表示想上門拜訪，國賓一概回絕，這麼多年來，這算是頭一次他來到他的住處。國賓的長褲膏狀地凝結在床墊上，兩個褲管立體著，人從這裡開脫，也像是縮回童年躲在裡面。

他嚴肅坐著，避免碰觸任何東西，感覺它們紛紛朝他伸出觸手，他回手搔癢似的順過有限的空地，指尖上沾黏細碎，風化的物質，還有海沙。這裡讓他想到郭里仁那件事的事發現場。某方面的見不得人，她和國賓其實孌配的。

☾

他在門口試騎國賓修理的腳踏車，想著像他二姊這樣子一輩子未離開村子的人，郭里仁也是，好像被罩在一片玻璃桌墊下，天空在裡面，深海也在裡面。更早二姊擔心他和阿燦往來，阿燦久未出現了。屋子西北邊阿燦打理的田園逐漸流失脈絡，他自樓上窗口張望，野草嘻皮笑臉，隨風搖曳起伏，形成兩三個波峯，似乎回到二姊潑灑殺草劑前的「榮景」。阿燦來這一遭說明了家園化來得快去得也快？他趁夕陽西下去那兒拔草，有機車經過夾著熱烈招呼，聽似叫阿燦的名，他未回頭，使勁地全神貫注地拔草，拔草很療癒，拔掉浴缸的盆塞，排除一缸缸積水。他採了最後幾顆百香果。他想保有那一小塊甘蔗，從樓上窗口能看到有高度的甘蔗形似垂柳的葉片，尤當紫黑色的斑節像直立的雨傘節愈來愈粗時，站在窗口立刻有個著眼點。砍了甘蔗，二姊用菜刀劈成許多手指大的小截用碗盛著，阿爸從早到晚吸得津津有味。

二姊夫是這樣說的：那阿燦來你這「漂白」之後，現在有一個涼涼的巡邏可做，不要看不起喔，好幾人搶著要做，還要抽籤。

還要抽籤？是關我什麼事？

以前他想都別想！

你們動手腳！

他才動手腳！你沒看到他每次去咱廟東摸西摸，那隻手一定伸入去石獅嘴內滾那粒球，最好獅子一嘴將它咬斷。

他感激姊夫單獨對他說，這是為他特調的笑話。他們分析因果關係總有獨到見解，總令他發笑。

他背著夕陽騎到這邊。

他記得和女兒徒步走來那一次，有時應住客要求開車來繞一下，他頭都沒仰起來。人家說騎車是肉包鐵，腦筋到腳筋都在運作車，進入一邊堤岸一邊風林的灰白水泥路面，肉被鐵包了，無思無想，機械運轉。

他和女兒頂著風走來，天灰撲撲風灰撲撲，女兒飛撲撲高舉手機，說要錄下風車把風磨成粉的聲音，給外婆當安眠藥！一個研究生講話像個小學生。

文風熱天一片膠著，牙膏白的風扇疲軟無力。一個一看就是公務員的男人著運動短褲在慢跑，不一會又跑來一個類似模樣的人，正派的人，耳朵都塞著耳機，戴智慧錶。和水泥路同寬的立柱影子黑白交錯斜過路面，扇影落入荒林不見盡頭。車輪在蒼白的路面上輾著自己高大的陰影，拐彎循柱影直上，停在風車腳下，仰臉一葉扇尖垂指著他，六點半鐘方向，再後仰，三葉扇停擺呈一個大Y。

風的淡季，風車輪休去了。他不懂慢速打磨的轉盤，那像起皺布面的風輪發得了電？看得到的四支風車就有一支停工，雙雙對對的風車現今到底增生幾支了他也搞不清楚。

雀鳥鳴啼單調短促，似小孩踩著會叫的學步鞋嘰嘰、嘰嘰，他臉放下來往後一顛，一部慢得不能再慢卻虎虎生風的摩托車行過，車上兩隻圓眼睛一旋轉目露凶光。這一瞪他更暈頭轉向，那人明明是阿燦，多了地頭蛇眼神的阿燦，他直衝他笑，他卻狠瞪他。他們說阿燦每日就是這樣涼涼來風車這邊晃一晃就有錢拿。他認得也喜歡他那副煞有其事做什麼像什麼的模樣。那個表錯情的笑容竟然收拾不了，對著他以為的阿燦背影搖頭失笑。他從腳邊禿裸的土地上拾起一顆破損的小寶螺往風車桿上丟，匡噹一響。

他弛緩走著阿燦拖行而去的路，有一個意識指使他調頭回去。洩氣拖拽的狀態仍舊擺脫不了，逆向白光更是雪上加霜，他迷濛地穿越大車路，回過神來人已然在一邊魚塭一邊海面的柏油路上。

前頭一部摩托車停下來，一條胳臂從堤岸上撈起一大個東西放上後座，在一團光霧裡進行的事他看在眼底有如幻象。好像怕負載的東西掉落，摩托車用盡馬路做了一個最大的轉彎調頭，騎騎騎，一大堵陰影堵上他車頭，他閃閃閃，一副沉溺在耳機的樂聲中不想理會任何事。哇了一聲，闊別三年五載似的一陣驚喜，阿燦強調是燦嫂看見他騎孔明車過去的。當地人不叫它孔明車。他深長吐了一口氣看著這兩人，依然故我這兩人。燦嫂常在一段距離外等待阿燦執行任務，他去程看見一個人一頭長髮蜷在堤岸上，怎沒想到是她。她沒骨頭似的伏在阿燦背上，半隻眼睛打量他。

他神情鬆綁，阿燦又開始戲水胡鬧似地逗他，他正經八百問他要去哪？他回答剛才去「巡網」，他未聽出只是比喻，耳朵一亮，圍網巡網是從前的家族行動海上作業，他很久沒看見了。樹立風車有如插鐵枝來圍網，抓看有沒有鯨魚，浪都沒來，連雜碎魚仔都無，阿燦說。

談話愉快而止，適可而止。告別後，阿燦追上來，兩顆眼屎像一對小白眼凸出來，脖子掛著一條細紅繩串住一塊翠綠和一紙符，愈大力鼓吹，一邊嘴角便冒出口沫。

三天後他手機充飽電，往背包丟進一點東西，準備跟阿燦搭朋友的漁船去某嶼。他當時未明確答應，隨口再看看。阿燦約他大後天，明天後天大後天，邊講邊用手劃三道虹橋，停頓三次，表示日與日的間隔與落點。時間只講下午。

他覺得自己會被放鴿子，也希望如此。事實上這約定也不算裝進籠子。似等非等的空白時間彷彿處於一種飛航模式，遠遜於鴿子的飛航模式。

妻子也鼓吹他前往「考察」，和阿燦相同用語，出自她口中便成諷刺。之前她說他，在家也是魂不守舍。現在她遣詞用字不針對他，一種言不由衷房客模式。她今晚有讀書會，有回頭客投宿，他不在她好盡情發揮。她抱怨大家爭相去某嶼，她好空閑幾天，無奈這兩名雅客對應景嘗鮮毫無興趣。

大概是那日遇見阿燦的時間，阿燦出現了，摩托車沒熄火，人沒出聲。他在和室坐得腳都麻掉了，空手走到車邊，一副他並未當真，質問：你也沒有說要怎麼去？

阿燦巡視風車，讓老農和慢跑的人看到他才走的，先把燦嫂馱到碼頭放下，再返來載他，熱得面紅耳赤一頭煙絲。

沙騰是最靠近某嶼的一個村，兩地似兩隻噘起的嘴相互吸引，碼頭水夠深，阿燦的朋友有漁船。對照一窩蜂的交通船，他對他們的小陣容感到滿意。

船駛離碼頭，拖長兩道像飛機雲的水波。他很高興他被當作自己人，手搖飲只有兩杯。阿燦用吸管猛戳手搖杯，插上吸管遞給前面漁人兄弟。他們的身軀像長在船上的兩棵矮盾的樹，話語沙沙，他感覺到漁人的原汁原味，不像他家國賓是個回鍋的漁夫，他們不曾離開過捕魚這行業，這居住環境和生活方式。

他那雙穿人字拖的腳在船上像魚肚一樣腴白。他唯一的情感走私對象蛋糕裙小姐曾說，她到海灘去，身上覆蓋四層布料，只曬一雙蘿蔔腿，曬黑一點看起來比較修長，再穿上白涼鞋，總有人問你，去哪度假。

水氣充足，阿燦更是口沫橫飛，好像在與動力馬達聲較勁，說了不下八遍：現在開始喝會不會太早？沒人搭腔，索性撞響塑膠袋裡的瓶罐當節拍，哼哼唱唱。

歌聲停止，阿燦湊向燦嫂，坐在後面的他跟著身體前傾，打聽阿燦耳語：剛才他摟我腰，呵，好癢！意識到阿燦指的是他，也呵呵笑了，在阿燦機車後座那時他也覺得怪好笑的。阿燦搓著身上的仙丹，大動作地往船外扔，再沒有提到他了。他獨自吊在船尾遠眺著光潔的海面，船頭的形狀像犁頭，又像老式熨斗，一邊乘風破浪，一邊燙平風浪。

超出了基地台的收訊範圍，手機螢幕上「士」字型的飛機全都懸在地圖上空不動了，在水流上又好像動著。他大仰著臉，準備降落的飛機在海上繞旋，人在船上天空似乎縮小了，不管怎麼樣，海不可能比天大。

阿燦和漁人兄弟大小聲嚷嚷，他都聽得懂了，他們說前日有一個小姐傍晚跟朋友在海邊散步，突然間跳入海裡游水，游游人就不見了，朋友知道她會游泳，以為她開玩笑，日暗才趕緊去報案，警察哪有啥辦法，你若想死，那個朋友等到哭，想說一定凶多吉少，她竟然一游游去到市區……

一直無話的燦嫂問：這樣很厲害嗎？

三人大笑，互推你說給她聽，繼續繪聲繪影，警察跑來察看是不是騙人的，聽說是一個護士。

他忘了收不到訊號，查不到她游多遠，還把螢幕上的飛航圖搞丟了。

燦嫂扭頭，仰對大海喃喃：一個護士？

阿燦爆笑說：你以前不是做護士的嗎……

他們的笑語一直到上岸進入民宿才停止。

他站在那房子外面東張西望，感覺沙灘不遠，沙子在他腿彎上爬。表哥說都安排好了，似乎不是那麼回事。光聽聲調也知道，那女人十分嫌惡優先招待自己人，將心比心，換作他家的女人也是這樣啊！只是她的拒絕已經到了羞辱人的地步。他揣著鈔票走進去，女人也就是漁人兄弟的表嫂一張臉做幾頭使用，確認這個斯文人不是訂房的客人，是和這幾個粗人一起來的，遂變得一臉自暴自棄。

表哥氣呼呼跑到門口兩手扠腰站著。表嫂喚了幾回表哥才進來接下一串鎖匙。阿燦三人同聲說免啦，倒是他說都來了，看看啊。

表哥對他說，不過沒冷氣。呵！又不是來吹冷氣的！他極盡親切笑著說。他從小就喜歡異姓異地的表兄弟勝過同宗同姓的堂兄弟。

燦嫂發出一聲慵懶的喟嘆。

悶著頭爬樓梯不發一語，表哥帶頭，他們自動恢復成搭船時的排列順序，他抬頭一瞥，陸上行舟。

樓頂一間閒置的房間因為特殊的客人到來而被打開，這不是他所樂見的。一間拒人於千里之外的房間，門打不開。

表哥叭噠叭噠下去換鎖匙，腳步聲比剛才六個人加起來還大，再上來時滿頭大汗。

門一開啟，表哥彎身好像在趕一群雞，他們聽到表哥肺腑的笑聲，門口占一堆鳥籠，表哥自己也很驚訝，窘笑著將它們揮至牆邊排成一列。

他看著地上不出所料也有幾個潮塌的紙箱，其中一個上面畫一堆星星做記號。不曉得誰開窗時劃傷了手，血滴在窗框上，阿燦啊喲著嚷，新血底下那黑黑的是舊的血嗎？燦嫂用力揙打阿燦手臂，煩躁地說：你的蚊子血啦！阿燦叫她去找一塊布擦一下房間，她說她是來度假的，就走了出去。

他問忙著開風扇的表哥這兩扇窗的面向，果然和他的直覺一樣，和他的機房一樣，一扇面西一扇向南。他在窗前佇立，看海、看宮廟，分辨民宿與民房、農地與荒地。

黃昏不可思議的漫長，好像從他在自家和室坐起持續到現在。

表嫂派一個很有禮貌的男孩子上來說，有客人願意換到別家民宿，請他們下去看他們的房間。

　等那一船人都下去了，剩一股潮氣汗餿加塵灰的悶味，他抹了梳妝台的鏡子，灰塵並不嚴重。他在陽台找到水龍頭沖洗一身黏膩，趁他們不注意溜了出去。

☾

眼前的沙蒼白又平坦，原來是天花板，他猛然撐起身體，看到一排鳥籠，想起這是那個令表哥又氣又笑的房間，想起阿燦說，本來「沒事」，這下有事了！阿燦好似在天花板上提到風車，好像是說為了風車今日得趕回去。

　他起身，瞇著眼睛在陽台沖澡，頭疼地想起那幾隻羊和昨天的事。

　昨天他離開民宿之後到處走馬看花，愈逛愈不記得他曾經來過這地方。那年他和妻子驅車到處考察鄉間民宿，卻跳過了著名風景區某嶼*，得乘船過夜是個原因，主要是婚前唯一一次未來婆家之旅，其他村莊都無必要去，他帶她遊了某嶼，告訴她，某嶼有兩個吉祥的台語諧音，一是妻嶼，一是沒事。後來她心心念念想去某嶼拍婚紗，想要拖著白紗在沙灘上漫步。這名字給她叫熟了，他岳母誤以為他住某嶼。

民宿主人的眼神彷彿在說你晚一步客滿了，也有的還忍不住說了出來，從頭到尾他並未開口要一個房間。

一位女士坐在門口，姿態稱得上是女士，一頭細密灰白的短髮髭，乍看若一顆仙人掌，她悠緩地將眼睛轉到這一面向，給他一個知情人士的困窘微笑。

今天庭院上少了昨日的她，和那些出出入入的人，散布的多肉植物變得有點群龍無首虛假游移。一個少婦歡迎他入內參觀，告訴他島上頭一間旅舍是她娘家開的，後來多了一家，但現在只剩開頭那一家，看管的人是她舅公，他堅持旅舍只能住宿，不提供休息，他還說出門在外就是要住旅舍，縮在人家家裡做啥？她嘲笑她舅公老古板。

樓上房間裝飾多層紗帘，牆壁畫有卡通圖案，小桌立著布燈罩檯

＊嶼，台語音「Su」。

燈，外面有木板陽台。他想問從這裡看得到那間創始旅舍嗎？會是他從前住過的嗎？卻又不耐地想趕快離開。

他來到昨天落腳的咖啡店，製冰機還在喀嚓喀嚓地響，老闆馬上認出他，告訴他颱風要來了，很多人都走了。昨天差點累死，其實今天本來就不營業，不是因為人都走了。你是好客人我知道，其實昨天這裡規定低消五百塊也很合理，如果有朋友聊天，你要坐到凌晨天亮都可以啊，很多人根本一半都沒有，我也算了，其實我也沒登記，請那兩個工讀生來玩的，也不精明，他們就都矇混過去，只有你沒有騙我。

他呵呵兩聲，便走過去看羊，昨天他是被這五隻羊吸引上來的，裡面有玻璃圍住的冷氣咖啡廳，外面一大個半天然的露天平台，望出去全是景。他找一個離羊遠的座位，才屈了一下，便繞過一排桌子換到羊欄旁鄰，面朝羊坐，吹單純拂過羊群的薰風，不管有無這些牲畜，都該待在上風處。

咖啡店熱炒比薩酒水應有盡有，在路易斯．阿姆斯壯的歌聲中，落單的男人看起來像悶騷的鄉村爵士。客人走羊欄這頭的階梯上來，一襲白色蛋糕裙層層浮現，他頓時眼糊全身黏膩。那些被蛋糕砸爛的臉都是笑嘻嘻迎上去的。

穿蛋糕裙的小姐猴急又得意的問男伴：有沒有看到？他看到我的表情？他認錯人了！她的男伴說：他我知道，也是開民宿的！於是兩人過來跟他打招呼。

世界真細小，大家都相識，她又高又帥的男伴正是那個鼓勵植樹的優質警察。他隨便聊聊，警察曾提過的好老師，又正好是他的林姓高中班導，國文老師，倡導在地畢旅的他，帶領學生周遊群島，他們兩人收集到的離島數一直停留在高中畢旅那年那兩天一夜。而這位穿蛋糕裙的小姐跟他更有不可告人的關聯，如果一切屬實，她是他過去的情婦的小妹，長得可真像，小時候過繼給未生養的姨父母，如今養父母過世了，她回來住姊姊的民宿，穿姊姊的衣服，姊姊則搬到她養父母的屋子。她追問為何看到我整個楞住，他說是因為他種死了警官熱情送來的木麻黃。又也許曾去過你姊開的甜點店，畢竟在那裡也住了二三十年。

穿蛋糕裙的小姐去洗手間，警察叫他待會陪她一下，他是來支援勤務的。他告訴警察，她在喜歡你。警察說自從那次你那個「另類的朋友」在她門口做「樹探」嚇到她，她就經常打電話來派出所，拗不過她只好在她圍牆外掛一個巡邏箱，一天到晚說要去帶她姊姊回來，到時候要我們加強巡邏，我常叫她趕快去啊。

她姊好不容易弄好那間民宿，卻因為一小個傷口不小心差點沒命，聽說忙了好幾天都隨便亂吃，有一天躺下去睡得好舒服，說從來沒有那麼入睡入夢，最後是被救護車載走的，截掉一隻手，斷捨離，糖尿病要命的無情，她現在還在復健看醫生，沒勇氣回來，說會回來，一定會回來，至少要復健到可以繼續做蛋糕，教人做蛋糕，親手寫下她的食譜。那些樹是她姊和那時的男朋友一塊種的，她姊常要她拍照給她看，她姊也不許她種木麻黃，說那是一種沒福氣的樹。他把他唯一的問題吞回去：斷了左手還是右手？

他起身餵羊吃草，牧草一把十塊，硬幣自行投入面紙盒。一個四平八穩的老先生坐在烤架旁邊順牧草，一把牧草做兩頭編。他成綑成綑地將牧草抱往羊那頭，好讓被羊齒迫不及待啃掉的綠手指立即長出來，還彎腰一一撿起小孩子散落的碎草枝來塞牠們牙縫。

穿蛋糕裙的小姐根本不想和他獨處，帥哥警察一走馬上去找別人聊天，不多久就說她要到沙灘去了。他望向她的背影天已經矇暗，張燈結綵的氣氛更濃了。他本來喝啤酒，這時開始喝其他酒，時間加速濃縮。

他避談昨晚在這裡醉倒錯過煙火表演。放煙火不稀罕了，說什麼義大利團隊其實還不都一樣，這個才好玩，老闆來到羊欄邊非要他看無人機秀的影像不可，那些變換隊形的光點好像在夜空中當機的飛航圖。老闆說他想去買一隻無人機來玩，他喃喃，無人機那個字意思是無所事事，別買了，我給你下載一個APP，二十四小時看飛機。

他醉得不徹底，在睡夢間一直聽到製冰機規律的聲響，壓在桌上的眼睛在冰塊吐出時一亮一亮的。他離開前還注意到最左邊那隻會暴衝搶牧草的羊，唯獨牠被鍊住，夜裡十分安定，鎖鍊仍然連在身上。

真正醉翻是在沙灘上遇到阿燦和漁人兄弟，被他們灌醉的。煙火秀移師下鄉湧進太多遊客，用電量超載，跳電後許多人被熱醒來到沙灘上抱怨納涼。他記得有人在聊那個游到對岸的護士他在聽，但一點也想不起說了什麼，燦嫂在不在場也無印象。

羊仰臉舔著懸掛在半空中一塊淡粉紅的鹽磚，脖子拉得好長好久都不放下，這時候從喉嚨給牠一刀牠都不知道怎麼死的。他詢問養羊瑣事，別說老闆以為，他自己都以為有人想買幾隻羊來養。老闆說，為著這幾隻他種一田牧草，其實不會比種人吃的東西輕鬆呵。前年冬天他去喝喜酒拖一袋牧草回來，超重給航空公司罰了很多錢。剛好親家那邊是種牧草的，其實他只是想實驗一下，結果這幾隻歪嘴羊愛吃坐飛機來的牧草，其實咱這的牧草一定較鹹較有味啊，憨羊。牠們也愛吃西瓜……其實其實，老闆的口頭禪，好像沒加其實就是假的。

老闆說要請他喝私釀的葡萄酒，他趕快逃。

他在沙灘上時坐時徘徊，歡慶的人群遺留一股魷魚乾的氣味。他起身走動以抗拒海水的牽引，一股來自龐大陸地的牽引力。他立穩左腳，右腳用力向下鑽鑿，灘上的沙和他腿上的肌肉沙沙地流失。月色彌補沙洲的厚度，它依然豐胸肥臀。

天空和海水是近似瘀青的肉紫色，月亮和沙灘費了多大力氣撥出生存空間，尤其是月亮。滿月是一顆扣子，新月開一縫扣眼，半月半在扣眼內半在扣眼外。來時在漁船上瞄到一瓣白月自海角升起他還在想，過兩日月亮就半圓了。

他想再多待一晚，像阿燦預約大後天的手那樣，一而再再而三地畫虹橋，一個人分別在少年青年中晚年三度踏上一座離島，偌大的三道虹橋，尤其獨處的颱風夜人會被拋得又高又遠，降落在哪都不知道。

不想還好，一想就總是事與願違。颱風沒來成，光是在月亮身上和他心裡拂出毛邊，交通船照開不誤。

月亮劃過大半個天空，他在昏潰前回到那個特別開放的房間，宿醉過的房間，也不開燈，躺在床上把一隻鳥籠擱胸口，非常近非常細的撫看著。

離開前他開口跟表哥買兩個鳥籠，總共有八個，表哥並不願意，還是表嫂施壓方才割愛。在船上那個風度翩翩見多識廣的警察告訴他，你好識貨，編這鳥籠的老人昨晚過世，他的兒子正要趕回來呢！

第七章

魚騷

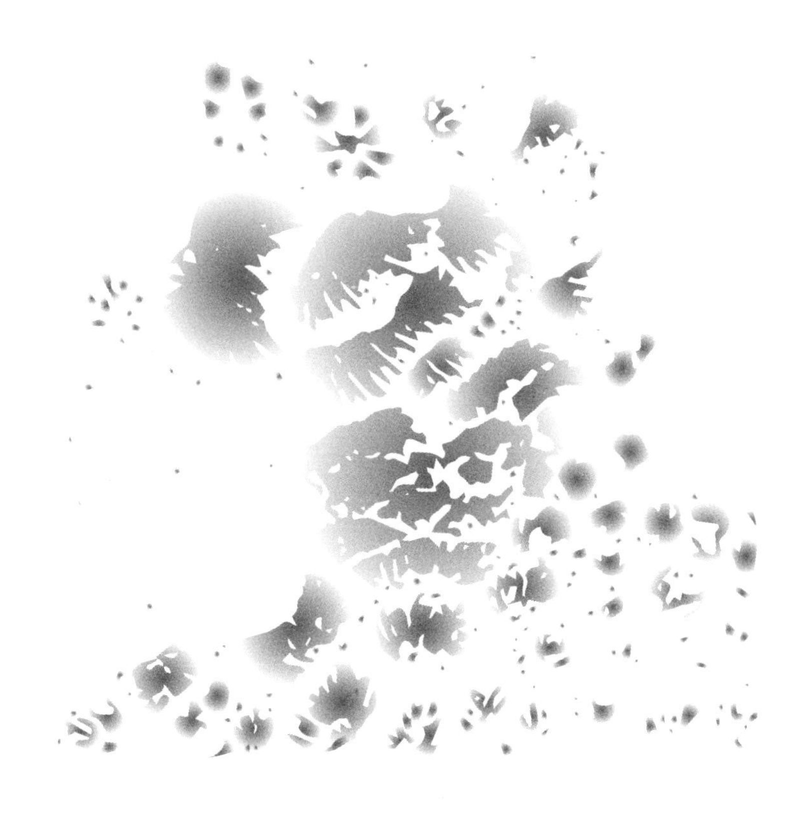

川金站在院子一顆一顆查看身上的鈕扣，忽然感應到震動，有個人一身駝色躍入她的邊界，臉陰沉，兩手開離身軀，兩腳很有彈性抬得很高，腳下草叢也很有彈性，踏上整平的田地一股突襲檢查的氣勢有了著落降了下去，愈行愈慢，好像給什麼拖住了。

就因為知道發誓再也不回來的姑姑有一天一定會回來，川金過濾夜裡的風吹草動，兩隻腳的動物是有心眼的動物，網子從不嫌大，網眼愈織愈小。還是姑姑比較厲害，選這個時間日欲暗，大家腹肚空空頭殼也空空趕著要回去，比三更半暝一個影都能判斷出是誰更安全。她穿得像川金下田，陳淑說川金身上那叫大地色，反而此時川金的衣裝看起來像姑姑要去上班。

小犬在土裡猛刨嚚，雖然常常有幻覺，這是小犬死後叫得最凶的一次，如此心靈相通，不用像聾龍說的把牠的吠聲錄下來。

兩人不約而同放眼去抓對方的眼神，兩孔小到線穿不過去。行來到靠庭院有植栽這頭她腳步錯亂不知在閃避什麼。她的臉愈來愈凹凸分明，好像肚臍眼翻了出來。

她給川金一個表情，算是滿意她的迎接，踏上庭岸頓頓腳磨去泥沙，一雙功夫鞋乾淨得跟新的一樣。無論對誰川金從不先開口，無論分離多久姑姑對她從沒好話，都同一個句型：怎麼那麼久沒見你還是那麼俗！那麼黑！那麼呆！

「我要去開同學會。」幾個字都很低沉，川金也不曉得自己說還是沒說出來。

姑姑應該是聽到了，嗡嗡：「難怪。」

「我先去開同學會，門沒鎖。」

「去啊！我先坐一下。」

姑姑低垂的臉像罩著網紗讓人無法看全，砰一聲坐落在門邊。

川金鎖上院門，朝陳淑家走，這是她最熟悉的一條路，半路在一間獨立的小倉房邊杵著。大家都知道這是廚師春頭存放辦桌傢伙的地方，門繩綁著一根扁擔橫在門外，他死好幾年了，倉房屋瓦掀了磚塊鬆了，陳淑晚上來找她，說嚇死人裡面亮亮的，回去不敢自己走，她陪她貼壁一探，原來是月亮，照得鍋碗哐哐響。陳淑和同學們都說懷念春頭炸的八寶丸，她較喜歡炸蛋。她用左手撫摩衣身上的口袋，想確定一千塊餐費帶了沒，那動作好像肚子痛，愈摸愈好像真的肚子痛。天就是在這時候暗下來的。她拉開口袋，剩一點兒天光落在一條灰白的直線上，一張新鈔，無污染的新鈔才可以直接躺在左邊口袋。

她聽到「金川！銀川！穿金戴銀！」一聲大過一聲，怎沒想到陳淑不是只有一個行程一條路線，趕緊拔腿衝返家門堵住她的嘴。

從來都是陳淑來招川金出門，陳淑問有事嗎？怎麼急著出門？一定有什麼事！走一走又問，有什麼事嗎？

川金說：就準備好了哩。

陳淑說：你開同學會好輕鬆，像個局外人，只要坐在那裡就好，不像我們去到那裡就開始起乩，累得半死……忽然衝著川金的衣服眉開眼笑，一根手指挑起個小東西，川金機械式地在路燈下停住，那是陳淑送給她的一只布做的別針，一隻粉紅色的蝙蝠。陳淑告訴她，這隻蝙蝠是捧場主顧客買的，本以為五百有找，竟然要一六八〇，都可以買水晶做的了，我不是不喜歡布做的，做直銷要穿金戴銀才能吸引下線，你看你永遠穿那麼素，戴個別針就不一樣了，看在值一六八〇的份上。

川金將它別到快肩頭上，蝙蝠翅膀揚挺起來，像在飛。

她們順著家屋院牆再接村落的矮牆，往南面向潮浪蹽去，陳淑一邊張望她取名的「無所種種田」，一邊解說自己有如彩虹編排的穿衣法，不管是開會還是同學會，我就照著紅橙黃綠藍靛紫的順序穿，靛又沒人知道，就穿那不綠不藍不紫的……現在薑黃很夯，我也在賣薑黃，我們的田說不定也可以種薑黃……川金問，薑黃吃什麼的？她說，所有的病都是從發炎開始，薑黃抗發炎……川金喃喃：發炎。

路燈下陳淑身上綠油油類似旗袍料子膨閃起來，綠得像金龜子，把燈光反射得翠黃翠黃的。

陳淑不顧川金揪她衣服，直往反方向走，悠哉悠哉說我們慢一點去，最好是壓軸，才像是我去田裡把你硬拖回來，再等你洗好澡，太早也沒有用，人家阿宏他老婆跟我買了不少，我昨天還給她送東西去，曾國餘他老婆算了吧！

這幾年她們一直在往同學會的路上。陳淑講起這幾年同學會發生的事，還很連戲，她不講川金都忘了。

往年同學會都在同學阿宏的民宿，有一年阿宏提議要到學藝股長曾國餘新開的民宿舉辦，會中他自招不顧老婆反對接待了帶小三來旅遊的軍中同袍，老婆懷疑他們彼此護航狼狽為奸，威脅要告訴那人老婆，兩個大吵一架，九級強震，老婆罷工跑去環島，只好公告民宿整修內部暫停營業。是非對錯同學熱烈討論，接著出軌偷情的故事傾巢而出，中途分成幾個小組猶講不完。除了川金，女同學火力全開，談情說愛是她們的強項。一個晚上下來記得最牢的仍是起頭那一個。阿宏說他們來的那幾天雨下不停，那個長髮披肩的小姐穿一雙鞋至少十公分高，用草繩編的，泡水又重又臭，他老婆心不甘情不願借她一雙平常不捨得穿的鞋，她還不要，本來兩個躲一支雨傘，後來一人舉一支，看她走路好像在過獨木橋，最後一天出去走海岸終於摔倒，他朋友公主抱把她抱回來，有夠浪漫又悲慘，阿宏正好看見撐傘出去遮他們，罪加一等，重判無期徒刑，喔，那雙鞋那個臭味，人走了三天還在。

那晚散會已經半夜，沒有酒精沒有政治話題，齒頰留有餘夫人花果茶的餘香，男女同學經過一番對立論戰，道別時都心平氣和的，一班人站在門階上讚美無光害的黑夜，月牙兒如同包青天額頭上那一枚。他們輕聲碎碎行過呼呼大睡的村莊，生活如果都是這樣就好，天氣如果都是這樣就好，不冷不熱，從早到晚屋裡屋外單穿件薄衫就好，有人提議乾脆以後固定四月底五月初回來開同學會，接近母親節，一舉兩得，不必每次討論日期。

離開前走在最後面幾個女同學約定下次住這裡，雖然主人裝作沒聽到，但女同學可認真了，同學會從此換地方。阿宏人財兩失不打緊，反正他是公務人員，最懊惱的是以後同學會沒得喝了，對愛喝的他們來說，同學會有趣就有趣在說給女同學聽的酒話連篇，奇妙的化學變化。

國餘家一進去大家就開始數椅子，那張大長桌二十個人對坐，剛好同學二十一個，一個也不能多，同學坐進去之前摸一下黯淡的椅背，很多人不知道那種質料叫麂皮，又「雞皮」哪個「基」的問來問去。隔年再去還是訝異，怎麼會買這種灰灰像發霉鼠仔色的椅子啊。倚牆那塊粉灰紅的長椅也是舊蘚蘚的麂皮，看起來像一口牙齦。

照理兩頭男女主人的座椅應該一對卻不一對，樣式、材質、顏色都不同。背對大門口女主人坐的那張椅子椅背高出其他椅子一個頭，像一個「后」字，空著也好像有人坐在那裡，顏色最亮，好像孔雀身上的一種藍。

以前阿宏的老婆餵他們海鮮，蒸煮烤炸，吃到不想吃為止。不來也好，阿宏老婆私下跟陳淑抱怨，累得半死沒賺半毛錢，要不是我娘家有漁船，想得美。

國餘家牛排、豬排和烤雞三選一，半個月前點餐，坐著等上菜時同學互問你點什麼。有人從小就不吃牛，有人不吃雞因為屬雞，有人說雞跟豬應該是在地的，牛一定不是……話在耳邊嗡嗡，一個接一個下巴攀高形容著懸在上空的吊燈，長得像枯掉的樹頭，枯掉的珊瑚，不，是好幾支鹿茸，又研究這是古董嗎，這應該不少錢噢。

沒有人好意思在那兒說到魚。有一次曾國餘跟阿壽說到黃魚，表示他可也懂魚，他就是這樣，跟遠道回來的同學聊天，和住在村裡的同學寒暄，根本雞同鴨講，阿壽在那邊一直傻笑，那兩塊招牌顴骨僵在那邊，捕魚曬到生鏽的臉漲得紅吱吱，突然三八芳雪哇啊，說他是唯一還有蘋果肌的，阿壽說什麼，阿壽說，我怎會遇到一群瘋仔！

大家在那邊豬排好吃！烤雞也好吃！牛排很讚！美盒突然，林川金，你臉上那亮亮的是什麼？美盒每次都穿黑色來同學會，上面有紅點，好像瓢蟲，她眼睛真的很尖，坐在川金對面往左數第三個，不是正對面，斜對面，可能那個角度剛好反到光，其他人也沒看見什麼亮亮的，坐川金旁邊陳淑一摸，真的有，趕快把它摳下來，慢一步，旁邊阿蓮整個臉勾過來，大驚小怪，是一片魚鱗，你今天有殺魚嗎？什麼魚？真的是陳淑說的「大智若魚」喔你……陳淑說有嗎？今天有魚嗎？把球丟給餘夫人，她從來沒有好好坐下來跟大家聊過天，阿宏就在那邊呵呵地笑，還背詩，無肉使人瘦，無魚使人愁。

餘夫人愣了一下說不好意思，她四歲的時候給魚刺鯁到，她媽媽看到醫生拿出那些拔刺的道具就先嚇暈了，她哭到啞了，不能吞不能說，送去吊點滴，從那以後對海鮮過敏跟魚絕緣，加上一個朋友說，觀光客來這裡吃魚吃到怕，何況當地人，她竟然也就信了。

馬上七嘴八舌湧來，女同學著重魚刺該如何從喉嚨和心頭拔去，自己的網上的許多經驗談，男同學則想糾正她海鮮會吃膩的想法，並試著教她品嘗和料理魚以外的海產，什麼都不必學，會生火就行了，一個人若在荒島哪來雞鴨豬牛……魚話題跟外遇一樣充滿戲劇性延展性和腥味。

那次談話同學們終於把國餘家那個女人看仔細，像記住一條魚那樣，除了要定在那邊讓人觀察她的特徵，且需優游水中，露出尖牙利齒。在這屋內他們都清楚這個多出來的女人是誰，雖然國餘從頭到尾沒說過她是他的誰。這天以後她若是出現在這個屋子以外，他們也能夠單獨認出她來，不過僅限於村子這口水族箱，游出村外無從聯想，恐怕仍舊是陌生的魚。

他們這才想起阿宏是農漁課長，當他高談闊論，滿是研討會偉大的論調，女同學已將魚翻面。

歹瓜厚籽，歹魚厚刺，歹人厚言語……吃魚多浪費時間一根一根挑刺，上菜就要做大爺了……上市場有得挑，以前釣到什麼就是什麼，看運氣……誰說住海邊就一定比較懂吃海鮮，其實我好怕聽到蚌在鍋裡打開的聲音……怎麼不吃魚塊……魚塊也有刺啊……刺多刺就軟，刺少刺就硬……哪有一定……刺像毛一樣你要順著摸……等哪天改良出沒刺的魚，大家會很高興還是很無聊……一條路都是荊棘一條路沒有，誰會走荊棘那一條……吃魚翅好了，都沒魚刺……你一言我一句安慰餘夫人。

挑完了刺，她們放心大口吃喝有說有笑，餘夫人說她娘家親戚大多經營金飾店，後來也有珠寶，她爸媽這些年開始學佛吃素，還投資了一間素菜館，她幾乎每個禮拜都網購，快遞在門外叫她名字，讓她有存在感，最氣他們外島不送……突然有人問你們怎麼認識的？她頓了一下，嘴巴一噘，說他念中文系跑去國貿系修輔系，我讀國貿系但其實想轉中文系。女同學念叨，好在，差點遇不著！讀中文系是要做什麼啊……

接下來那一年就有魚了，國餘在群組列出四種魚，鱈魚鮭魚千里沼沼，大家都選本地兩種稱頭值錢的魚。

話題不在兩種上得了檯面的魚，而是粗俗的花煙，同樣都是魚塊。不只阿壽和阿宏說愛吃煙仔魚，現在吃花煙正對時候，「四月煙沒油乾乾煎」，返鄉的人說喔對，一早就被廣播放送賣花煙吵醒，每次都那個魚販的聲音，模仿他自賣自誇，青跳跳，活靈靈！

餘夫人興高采烈向當地人報告她最近才剛認識花煙。有一天她去公公那兒，看到盤子上一片黑黑的，以為是魚烤焦了，再看不是，牠本來就巧克力色的，再仔細看，好像一張臉在看我，土著的臉，公公說話聽不太懂，就把牠拍起來，正好國賓回來，說那叫花煙，也有人說灰煙，教我說，煙—仔—浮，他教我挑魚塊，要不就靠近魚肚，那邊肥，要不就靠近尾巴，那邊擺來擺去有彈性。

同學們傳閱她手機拍的那塊煙仔魚，有人說那兩圈黑黑的像煙燻的眼睛她小時候不敢吃，有人說兒子小時候還說那有毒，大家都說像，剖開挖掉肚子那一洞好像嘴巴開開，川金突然開金口，我哥的小孩說像吶喊。餘夫人驚聲連連，對對，好像好像，一談發現她並不懂〈吶喊〉是一幅世界名畫。有人問餘夫人煙仔魚好不好吃，她光笑。想也知道，不敢吃。

趁著氣氛融洽國餘說：不然明年再回阿宏那裡開同學會。阿宏光笑，同學說兩邊輪流好了。阿宏出去抽菸回來，國餘又問，如何？明年換你？阿宏坐下來，把一條胳臂跨伸到女同學椅背上，好像把她攬在肩下，醉笑著說：你們看，這裡多好，這樣多好，多美，又是花，又是美女，在這講話我整個都有水準起來，狗嘴都吐出象牙了，我家我老婆又不會打扮……女同學紛紛說要告訴宏嫂……他繼續嘻皮笑臉，啊我們有自知之明啦，像我們那樣子的民宿開來吃喝拉撒滿街路，看我這顆鮪魚肚，還是在這邊好，少大吃大喝，這種人就是賤，管不了自己……

阿宏嘴開開人卻啞了，大夥跟著他望向裹著一條紫花披肩下樓找女主人的女房客，她開口借浴帽還有一個他們聽不懂的東西，大家定定無聲，阿宏還用食指猛比噓。她機械式的轉動下巴，對準男主人嫣然捺嘴一笑然後上樓，不浪費一絲目光給在座諸位，當他們是圍在那兒的一座花圃。

餘夫人隨她上樓，同學們輪流繳出一個不必我說的咂嘴聲，尤其女同學，譏嘆不已。阿宏又豎起食指，兩眼逼亮，臉傾向桌子中央，用祕密開罐的聲音說：剛剛那個女的，很像就是那次我同梯的帶來住我那裡的那個小三，她說她一定要找好天氣再來。

同學們連半信半疑都沒有，信以為真追問下去。阿宏說他和那朋友再也沒提過那件事，就當作是作夢。有人說也許真是夢。有人躡腳去看了她脫在樓梯下的鞋，撐開拇指食指再加中指說有這麼高，想也知道絕不是草編鞋。有人說猜拳輸的人上去偷拍，對她恨得牙癢癢的宏嫂一個影就認得出來。一問三不知的國餘只說她跟一個帥帥的眼鏡男一起來，連從哪裡來都不知道，聽見餘夫人腳步聲，加重阿宏的動作表情，求他們千萬別傻到去問她。

陳淑沿著海岸徘徊逐次回想一年又一年的同學會，就像從前放學回家講起學校發生的事，好似川金沒在場沒弄懂那樣，再跟她說一遍。但陳淑好在川金未經歷的她不多提，好像世界就印在村模裡的這麼些人這麼些事，你知曉的。川金時不時抬頭看一看天空。

兩人進到客廳，一屋子人，她們驚訝川金衣服上戴朵別針，還粉紅色呢。陳淑說對啊！月亮要從西邊出來了！又驚訝怎麼別那麼高。陳淑說她就怕吃東西沾到哩！

前菜上桌，圓盤等距對齊，大家坐定，才發覺少了個楊正鶴，笑說他太沒份量，被阿宏吞落腹肚內也沒人知。大家放下叉子微笑等候。這裡就是這樣，不管上次多麼地熱絡，再來還是生份。

長桌中間裝飾幾個滿是薄葉亮晶晶的器皿，川金盯著盯著，手探向那青翠的葉子，沾濕了手才收回來。當她弄第二遍時陳淑問她，你今天在忙什麼？她跟陳淑要了手機，打出「她回來了」。陳淑蛤了一聲，寫「女古？」川金點頭。

紗門外出現一個照理應該是楊正鶴的男子，同學們扭頭辨認。他見同學皆坐住了，一臉無辜溫吞地看了看手錶，說我手錶慢了。裡邊的人問他講啥？近門邊一個接一個複誦進去：他說他手錶壞了。這時他說了第二句話，沒人聽見。有人喊餓吃了起來，再望出去，阿鶴人不見了。他們以為他還在門口蹭鞋底，他曾經把鞋留在門外，一整晚沒人發現他打赤腳，直到餘夫人將他脫在門口的鞋拿到他面前。

阿宏起身東碰西撞追了出去，他們笑他要減肥啦。

大家在說蘆筍有多貴時阿宏一個人靜靜回來了。阿宏告訴他們，阿鶴他阿母今日下午過世了，說完摘下桌上一片葉子放進嘴巴咬著，吃吧，吃吧，他說，人家煮得那麼辛苦。

女同學吸了吸鼻水說，他是我堂哥，他阿母是我阿姆，小時候我都跟我媽我姊提籃子去他們家拜拜，後來就各拜各的了……不僅僅同情，大家對阿鶴懷有一份愛莫能助的虧欠，感嘆他從小活在自己的世界裡跟不上別人……除了我們找他還會有誰……我看他每次都穿同一件藍襯衫，太大件了，跟他說可以穿休閒一點，他不知道什麼是休閒……他沒有用網路，打電話叫他來同學會，他好像重聽（磨過珊瑚的人都會這樣），要講好幾遍，叫他來他就乖乖來，沒有第二句話，也不問我是誰（接到詐騙電話就慘了），幸好還知道阿宏和國餘的民宿在哪裡……他的外籍新娘出去外面說，他賺錢一半交老婆一半交哥哥（他哥照顧洗腎的媽，很會刁難他）……以前過年開同學會，你沒看見他肩膀都是頭皮屑，嚇到我，地上還一堆腳屑……陳淑幾個女同學邊吃邊懊惱剛才沒出去跟他說個話，每次開同學會好像都沒怎麼跟他講到話。突然有人問川金，跟他熟不熟？川金反問，不熟為什麼一頓飯要吃那麼久？

後來大致恢復了正常同學會應有的對話，只是一股灰白的傷感像阿鶴的人影徘徊在門外，只要有人扭頭張望，就有人跟進。有人說看到白影聽到振動，川金說是狗。國餘說一定是我姊夫和他那隻狗。阿宏話出奇的少，末了他說，阿鶴講那句話就走了，看他那個背影好……怎麼就衝過去抱了一下他，哇操，他嚇一跳，我也嚇一跳，我就最怕那種沒事抱來抱去，哎呀，都是幫你們抱的……同學笑阿鶴得去收驚了，抱那一下會將阿鶴撲倒。

討論完致意阿鶴母喪的奠儀便散會了，創紀錄開了一個僅九十分鐘的同學會。國餘在後邊悄聲告訴餘夫人阿鶴今天下午喪母，她挪進和室抽出〈離家五百哩〉，改播〈求主垂憐〉，同學剛走，一一回過頭來。

陳淑打了個很長的呵欠，仰天長嘯哞哞說月——亮——，勾著她手腕的八珍也仰望，說：就是這樣的月亮，你不覺得月——亮——到了這種要圓不圓還是剛缺，我都搞不清楚，爬得像烏龜慢躊躇，我半夜起來尿尿每次看每次都在我們客廳右邊門這邊，好像沒在動，不信你今晚看，認床的人帶枕頭棉被回來也沒用，氣到我下次就把床運回來，昨晚起來記得的至少四次，傍晚開始就不太敢喝水也是這樣，也沒落雨，水庫還是有水。

一聽睡眠障礙，陳淑精神來了，川金默默漂開，邊走邊取下別針，投進口袋。一個人暗時走來走去，好像在路上掉了什麼東西，她不懂散步這回事，更不懂散步為何也叫散心，兩手空空的時候，一顆心牢牢掛著。

水聲激躁，水車模糊，墨池中不停紡織出一蓬白紗。男人划酒拳的聲音，奸笑的聲音。這些人匡列海水當作私人魚塭，得寸進尺霸占海岸砌厝砌車庫，雖然鐵皮搭蓋，裡面什麼都有。

同學們聊到海邊改變最多，車路、魚塭、塭寮一項一項都是後來新增，從前這裡是一片沙地，那沙經過討論不是白的也不是黑的，淡淡金色，上面有幾顆不大的黑色岩石，你去海裡撿到什麼還可以先藏在那邊，要回家才去拿，可惜沒有留下照片。他們大聲罵政府罵政策，沒有人批評一句這些人破壞環境，怕不小心罵到同學的親戚，僅是一直講魚塭養的魚不好吃，有土味，有毒，牠們到底賣到哪裡去了。

她往回走，轉身面向遲遲不敢張望的地址，她留下來看家的日光燈不見了，佛燈也無，屋身在昏暗中白蒼蒼一塊，一大座消波塊。她站在那兒心內像水車不停翻攪，掏出屋裡熄滅燈火那個人，掏出田裡換過許多主人終於落腳那隻狗。邊界這片野草叢，她從自家田上看是彼岸，難得站在它這邊看，猶是彼岸。烏�趟的草叢中有一條細細的光，好像眼睛要張開眼淚要流出來，最後還是閉著。

她走到岸邊，一會兒又調頭，路燈將她的腰身兩條腿打在路面上，一顆頭形影不完整地拋在葉尖上被風和草也許還有水搖晃著。她身影橫過的地帶就是同學們所說的以前曾是一片海沙，駝著一隻隻石龜。

她撿到一根竹竿，可能曾經是一枝掃把，步步逼近中唧唧蟲鳴停止了，她用它鞭打草群舂搗荒地，然後涉入草叢，竹竿斜斜抵到那條像眼縫的光便停住了，再上前說不定會塌下去。落那種一禮拜下不了田的雨這一塊才會積水，但已經很多天無一滴雨了。阿爸在日曆上登記家鄉的雨天，比她還關心曠雨缺水。這水莫非是海水穿過馬路返來？她使力推動竹竿，肚子一下下被扎著，想是那枚別針未收妥就不管了，怕就怕蟲咬。她感覺光在竿頭與草叢接觸那一點上忽明忽滅，站立的地方彷彿在浮動，像這樣一直戳下去一定可以戳出水，戳出一個月亮。

那竹竿越抽越長，一連串呼喚把她叫回路上。陳淑一連串大驚小怪，聾龍也跟來，那麼姑姑回來是真的，而且還沒有離開。

龔龍回家摸黑按下開關，電沒停，燈可以亮，看到說要去同學會的姑姑人躺在床上，心裡怕怕的，他沒看過她休息，何況躺下，鐵定是生病，她沒這麼早睡，更不會開著房門睡，原來她睡覺也會打呼。洗完澡再聽，打呼聲好像呻吟，病得不輕，摸黑進去，聞到一股佛香，鼻子自動緊閉，暗矇矇認出那張臉是日也拜夜也拜的姑婆，抓了重要東西趕緊逃，院門外有人虛喚著：金川銀川……穿金戴銀……嚇死人了。

陳淑拜託川金手機要充電要帶著，出家門就是出遠門，你要想著萬一遇到危險怎麼辦？要報警怎麼辦？趕快來找看網路上有沒有破解詛咒的方法，龔龍說他剛剛真嚇破膽，看到鬼也沒這樣，說著都隨川金在堤岸坐下來。

川金瞪著他們手上的發光體，警告龔龍莫又打電話報告，有第四個人知道唯他是問。瞧他們兩隻眼青蛙似的又凸又亮，她罵起手機這東西，講了一堆，意思就是，可惡的距離毀滅者。

網上有一個方法：在黑夜臉沉入海中，將原詛咒大聲念十二遍，加三遍收回收回收回即可，最好旁邊有見證人兩名以上。天時地利，潮水泊在岸邊，又是唯一不需準備材料的方法，管它鬼扯胡謅，陳淑鼓吹，龏龍信誓旦旦他可以，川金趴在膝蓋上不動。

陳淑看著他一步步走下海棚，水淹沒小腿，人變得矮小，急急喚他上來啦！快點上來……

塭寮鈴鈴隆隆晃出來一個白頭翁，站在岸邊掏著褲襠，朝海上連喊數次，那是不是一個人？那有一個人咧……一個壯漢來把他拖走，嚷嚷廁所在裡面，怎麼尿下去了……聽聲音是她們同學阿宏。

龏龍上岸，陳淑笑他膽小鬼。他說他又不是原咒，又不知道姑婆咒了什麼，不變應萬變，川金姑姑無敵鐵金鋼不用怕！陳淑說好一個不變應萬變，那是因為恐佈份子不是睡在你床上，叫川金姑姑去我家睡好了！

他們靜下來之後，潮聲波波響，有太多訊息在裡頭傳遞。陳淑告訴龏龍，砌了魚塭之後，水流改變了，前幾年還有年輕人在這裡溺水，萬一你怎麼了，怎麼跟你爸交代，別人託什麼事都好說，幫人家帶小孩責任太大了。龏龍喃喃，我又不是小孩。

第八章

魯娜藍得

她臉貼著紗門聽電話，車滑進她眼神呆置那地方停住。她動不了，司機下車催人，她比出再給我一分鐘。

車朝市區前進，美術班的聖誕聚會在一個獨居的女同學家，她遲未舉起手機來看地址。

她終於開口：我不能去了。

車折返，她連聲喊停，呆立目送它迴轉離去，才啟動腳步尾隨它走到路口，逆風立在那兒和公車亭下的「討錢婆婆」相望，風將白花花的頭髮掃到估計有七十五歲的臉上，髮叢中兩隻熱切的灰眼珠是這大片陰霾下唯一的光亮。

討錢婆婆攔截前往市區的順風車，討錢的行徑早在網路被拆穿，但總有漏網之魚。她預令車行海岸，而非順其自然穿過村莊再打一個裝可憐的老婦面前過，她不是為了避開這畫面，這算是第三個好處。第一是營造不在此村中的感覺，第二是沿路瀏覽一下這片與她息息相關的海，它好像一直在褪色，有時顏色回來一些，一個藍色的基底，或者是天空在上面漂浮。出門前她發現又腐了一雙鞋，都因太靠海，進了潮所致。

過來啊，給你錢，她心底低吟。

北風吹現她的髮鬢，她平時絕不這樣全臉示人，討錢婆婆把她看個精光，在那雙鑽人性漏洞的眼睛裡，這個包裝精美的外地女人無疑是潮水拱上來的禮物。

這裡乍看之下前不著村後不著陸，討錢婆婆利用這種心態，而她想要這種狀態，她們竟有這麼一點相似。她手伸進背包撈錢時便也打消了念頭，因為對方朝她盪過來露出一個微笑，因為她眼睛進了風沙，因為那個笑容突然變質像要過來揍人。在看得更明朗前她衝至馬路中央，確認對向無來車，好好地過了馬路，再也不回頭，老太婆喋嚷著不知是咒罵她還是成功攔下了一部車，風全將它撕成碎條狀的風言風語。

聽他們講起這號人物她笑得好事不關己，她記得因而學到一個動詞，男人講伊早晚會被人家踢走！女人講怎不將伊「光」走？發音像天光的「光」，意思是扛走，用在扛轎、扛棺材，確實得用扛的。

眉粉、蜜粉、結塊脫落的睫毛膏全絞進風塵中，她戴上大若蛙鏡的太陽眼鏡，棕熊色的鏡片將風景烘烤過，視界乍然煙薰溫暖起來，彷彿與此時此地隔離開來。她全力邁步目不斜視，非常清楚方向是北上，從身旁刷過的車都是從市區返回的，沿途毫無遮蔽，一棵樹也沒有，只有一個人越走越自我膨脹，兩隻腳抽得像樹幹那麼高。如果她看見這樣一個女人這樣行走，準會以為她跳車，要不然就是興師問罪，再不然就是想跳海。

過了個大彎，北方更遼闊了，身上的毛差不多被風拔光了，在一間很不怎麼樣的屋子前面她揮開眼鏡怔住，是它?!這些年無所事事又心情怪好的時候，想不告而別祕密散步的時候，她想走到那裡去，那裡有間孤僻的民宿她無知的住過兩夜，但又不願明說，引誘曾國餘數算全村早於他們的舊民宿晚於他們的新民宿，要他簡單畫個地圖給她做藍本，她想要一幅集合各種畫筆各類素材的拼貼畫，屋裡缺一幅大型具代表性的圖畫，他無動於衷，不曾再提起它。

門口的風比大馬路上還厲害，更有針對性，屋子左邊撲面的磨砂風八成是直接從海上殺過來，遠眺一道若蛋清的微光應該就是海。右邊也好不到哪，風搔刮著木籬，她臉傾向微凹的門扉，駝背站立，兩隻腳有如燒光的木枝酥酥酥的。

當時還春天，周邊花盆幾乎禿了，她心想有人來住才怪，現在又冒出同一句話，感覺裡面是空的，連主人也跑掉了。

他事先探過他二姊口風，大致掌握村內民宿的經營情形，才放心隱瞞家裡投宿於此。他說隔著大路快速凸起的這些方方塊塊「魔術方塊」，嚴格說起來已是「村外村」「新村」了，有些是後生晚輩將農地化作住宅，更有一些被外地人買走，是一些想過田園生活的市區人，懷著退休夢渡海而來的都市人。他看中這裡偏僻價廉，雖然物不美，最重要是年輕的業者哪知曾國餘是誰，雖然這家不是外資，但安全無虞，因為裡面那個人據說是離島來的。

既然飄過來了，進去看看那個離島人帶來的鎮店之寶，順便取暖紓解頭疼，她出拳來回痛打門板，聲音務必蓋過風撼動門窗。

開門的女人比她更驚恐，灰紫色的薄唇哮嗚嗚一聲，說這樣敲門會嚇死人，轉身飛奔，她什麼都來不及說。

原木色的櫥櫃倚立在她剛剛猛敲打的那道門面，震動餘波蕩漾，她一步步往前走，禮貌性的站了會，再轉身靠近一系列櫥櫃，臉頰不知不覺鬆開，呵得玻璃上浮出一朵霧白，隔離在櫥窗內等距對齊陳列的貝殼有如一部經典，呈現著一致又各異的無言姿態，難怪後來她對家裡那些近海撿來的普通貝無動於衷，看著美術老師那一櫃號稱偷搶拐騙來的精品貝也言不由衷。

當初接待他們夫妻的年輕男子是離島來的沒錯，說到他的收藏那幾分鐘人異常俊俏，大概看傻眼了，他又失語，他們轉過去盯著皇宮般的櫥櫃，聽他說這些寶貝是他的家族潛水捕撈所不期而遇，他父親中風後開始認真製作螺貝標本，幾次搭船進市區看醫生都沒找到配得上它們的櫥櫃，一直用過世親人的舊衣服包著放在抽屜裡。他分批將它們帶過來，照著父親的描述向對岸訂製了這座櫥櫃，每扇玻璃都配有一枚白金肚臍眼似的鎖眼，不許有人將手伸進裡面。至於他，則因為高中赴市區求學遇見了村裡的一個女孩所以來到這。

他倆投宿於此那兩個晝夜未見到其他房客，也未見到女主人，一批包棟的電纜工程人員住了上百天才剛撤，屋內混雜老式理容院和電料工廠的氣味。離島人的岳父給他這塊風狂地，蓋上這棟風騎在背上掐著脖子的房屋，根本不需要二姊說，熱天幾隻蚊子，冬天瘋子才會去住咧！又據說他老婆，那個鄉村女孩心很大，除了賣保險，做衣服食品網購，代銷旅遊船票，更開始涉入政治，孩子都在娘家養著，根本沒空管這家民宿，就放他一個人在那邊做傻瓜。

兩天後她來到夫家發覺自己是另一號傻瓜。蓋民宿的地已然整頓，她強烈懷疑合理懷疑他倆在島上各家民宿打包移動那幾日，有人忙著湮滅動工的痕跡。她邊打電話向媽媽控訴，邊繞著那塊建地走，走到最遠回頭望著編導演員，他們都以為他家兒子婚離定了，招他回來開民宿，一定是這樣……

不管是不是這樣，演這一大齣，人家在意你啊一切以你為主啊……媽媽如此勸慰她，然後又匯來一筆可供她築夢的錢，每回都這樣惡性循環，媽媽也該懷疑這是他們夫妻一貫的伎倆。她一度覺得媽媽也是共犯，害她落到如此境地。

除了貝耳對她張開，沒有人來理會她，她空對樓梯喊不出口，這種鹹天酸地的午覺情願睡到地老天荒誰管得著，剛剛那個一定就是女主人，無心經營到這地步。

她還記得樓上，樓梯兩頭兩扇房門緊閉，左手邊沒有衛浴設備那間是離島人的房，夾在中間稍微大一點的套房她和曾國餘住過兩晚，她一打開來那麼的荒暗讓她想哭，擺設都沒變，那俗不可耐的碎花床單很是卑微，沒了陽光，玻璃灰濛濛，蒙著一層塵土油埃，還有刮痕，好像從那年春天積累到現在。

她站在離島人的房門外猶豫不決，敲門聲會使人像蝸牛一樣立馬肉縮起來。她回到她的房間，倚著窗打開手機，在三人群組讀到媽媽又來安撫她，女兒不如電話中那麼堅決了，要她先別告訴爸爸。

她幾次對著一個電話號碼，終究未點它。現在只想跟這個人說說話，但聲帶卻好像硬掉了。她們是在不孕門診時相識的，一聊兩人都是試管嬰兒，後來都生了一個女兒，女兒都大了之後，分隔兩地之後，她們在網路重逢，成為無所不談的朋友。

趁尚未被溫床融化她躡腳下樓，面向櫥櫃打電話給主人，電話鈴聲從貝耳裡拖出來又收回去，拖出來又收回去，突然不拉鋸了，她急忙開門出去，在風中吶喊。

離島人來開門，又不太像是，一臉睡相背脊弓曲，但閃躲人的孤僻眼神是像的。她隨後逕自上樓進入她的房間，鎖門，拉開短靴拉鍊，雙手抱胸腳打直坐在床沿，與丈夫冷戰的姿態，目光低垂盯著瓷磚地上兩隻直挺的駱駝色靴子漸漸失溫。

她睡得很舒服，想一直睡下去，稍微有一點意識發覺腦子在編一則謊言：今天會到很晚，明天早上再回去。她放心了一下子，然後再也不能安穩，眼皮裡外都昏暗了，淚水分頭自兩邊冒上來，一抹海底星光。

最後是做出一個重大決定她才起得了身，她告訴主人她要這個房間，少則一個星期，多則一個月。

☾

她遵照媽媽的安排來到這間沒有人會自願住下來的民房，唯獨那凍結在水晶體內或許是稀世珍寶的豪華貝譜引人豔羨，其他都醜斃了，都惹媽媽心煩。屋主也不知道跑哪去，大門房門都沒鎖，媽媽嘆也似地說：也好。她問為什麼？她答：一個男的。她不敢再問下去，意思是一個男的和她同一個屋子讓人不放心？肯定是一個男的讓她懷了孕。

媽媽全副武裝來看她，帽子、護目鏡、口罩，毛衣高領拉上來圍住半張臉，擋風好像更為擋人。外婆說她也被「你媽」的反應過度嚇到，你媽常說早知道就不要結婚，有孩子就好，將來你最好不要結婚，孩子自己生自己養，人生少一半以上的煩惱，你現在要這樣，她又受不了，好像天要塌下來。

媽媽挑爸爸不注意時出門，還天真地笑說冬天要騙人比較容易，人要消失很容易，壓根忘記上次她來的時候在他倆的手機安裝了一個APP，他們仨可以隨時掌握彼此行蹤。她來的第二天爸爸打電話問：你在哪裡？她說度假。爸爸沒有再問下去，只說：那好好度。以前在媽媽的城市，爸爸總是勞碌，現在在爸爸的家鄉，換成媽媽勞碌，爸爸好像永逸了。

媽媽自嘲，怕爸爸那些親戚知道女兒未婚懷孕，尤其是勞苦功高的二姑姑，再來竟然是她結識的那些讀書會的友人，全都是女人，偶爾有男人，也是被女人拉來展示的男人，代表男人受教，她們最喜讀女性特立獨行不受命運捉弄的作品，但這一點都產生不了抗體，她這時候才明瞭。

媽媽不看她臉又低吟一遍：你想清楚再說！

這是個讓人頭腦清醒可以想清楚的地方？她一個人鎖在屋子當中一個不知天南地北的房格內，夜晚世間消失得更加徹底，網路世界的一切刻度都無法驗證了。到了第三晚，能數得出來的只到第三晚，她對房間十分熟悉了突然感到害怕，不懂媽媽為什麼那麼放心孩子在這種地方。她熄燈貼在窗簾後窺視外面，就像默默觀察自己有孕的肚皮。濛濛銀霜可是月光，風拂動時一閃鎳灰，每個景象都像骨董戴著大自然的面具擺在那兒。最大一塊隆起應該是她過去在白天看過很多的枯枝叢，外圍有如鉛粉暈開，風撲推而去隱約可見邊緣現出鉛筆線條，不一會又回復成渾然一團。

她抽掉耳機，感覺心跳微弱，塑膠窗簾嘎嘎作響，襲擊窗玻璃和枯枝群是不同的兩陣風，風聲相加，既讓人看不清楚也聽不清楚。

這一覺從荒冷的盡頭睡下，房間角落媽媽提來的電鍋日以繼夜亮著一隻小紅眼，也許因為這樣，她彷彿聽見夏蟲鳴叫。

聽見有人在講電話，她強迫自己醒過來。等不及水溫用鹹腥的冷水趕緊梳洗，深怕他消失，閉眼潑臉時另一邊也出現動靜。

她出去和他們個別打了一個清冷的招呼，然後跟媽媽回報：「來了一個男的好像是主人，一個女的好像是房客。」她強力制止媽媽前來，媽媽來電猛問：你確定是房客，不是女主人？晚上會住下來嗎？大概幾歲長怎樣是不是學生頭瘦巴巴的……

她在樓下等人出現，天氣更壞了，昏天暗地到感覺風雨飄搖，男主人在樓梯探了幾次頭，她終於上去，他才下樓，也不開燈，在黑風洞內操刀切薑蔥煮海鮮，她聞得出來，父鄉的餐飯氣味。

等他應該吃飽了，她下樓想了解情況，他原本自在的身軀整個僵硬停頓，偽裝成一隻貝殼。接收到他的肢體語言，她善解人意地離開現場，暗罵他有病，回房間，不由自主的將僅有的心思放在隔壁房間，終究毫無動靜，空落落如在無人之境，各自在各自的無人之境。

她睡飽吃，吃飽睡，時針和牆壁跟著橫躺，唯有肚子是高起來的，醒睡之間，她和胎兒和隔壁的女房客混為一體，她不再對他們感到好奇，她只想管好自己。她讀著一冊又一冊未隔間的電子書，充電時頓失依靠。她跟外婆說因為不知道要做什麼就碩士班博士班的讀下去，其實她好不愛念那些沒血沒淚的東西，就算肚子沒有意外她也撐不下去了。她奮力起身熄燈，憑靠窗邊想醒醒腦，待會或可讀一讀課內書，出於習慣性，也出於理性，她得留個後路，她在背包裝了兩本厚厚的課內書實體書，像往常假期那樣短就一本長則兩本，讀個心安。

站在窗邊她發覺裝有兩個人的自己更龐大了，風剝削得窗外的風景渙散游蕩，這房子彷彿是唯一的實體，枯海中的一艘船，難民船上總會有一名生不逢時的孕婦站在最前面，首先被看見。

她掌著那球冰涼的喇叭鎖不讓它彈跳出聲，隔壁房門應聲開啟，她抓緊扶手故作輕鬆地走下樓，跟在後面的腳步輕浮，輕浮，她開燈，接滿一保溫瓶熱開水，一直跟在後面的女房客靠近，開飲機呼嚕呼嚕乾吐兩聲，她鼓足勇氣掉頭問：要不要我給你一點？女房客說不用，又改口說好，一點。

兩人衝著對方微笑產生同樣的疑問：你怎麼跟早上看到的不一樣？

答案也一樣：睡腫了！女房客邊取水添水邊說：你都沒聲音，讓人有點害怕。怕什麼？她問。兩人笑得再大一點，討論出夏天跳海冬天燒炭才合時宜，弄巧成拙說得過去。

女房客煮了開水，接著準備消夜，開冰箱指給她看，這些菜是我的，其他是屋主的（她喃喃也有我的，不太記得是哪些了），屋主照時間吃正餐，我用剩下不正常的時間吃，半夜這一餐算是正餐。所謂的正餐要有兩菜一湯，一蛋一菜一魚湯，蛋和菜鄉村出產，早睡早起趕去市場採購，反而是抱著一種敬意和隨俗態度去吃的魚令人懷疑並非出自所屬海域，愈吃愈懷疑是偽魚組合魚，甚至是，素魚片，誰叫我只會煮快速方便的冷凍魚片，到底魚的哪個部位，吃得沒頭沒腦，跟「屋殼」，貝殼的主人屋殼煮的魚湯光聞就差了十萬八千里，猜他放下去的是百分之百徹頭徹尾一條全魚，但我吃不膩。

說是基於尊重黑夜和屋殼，僅打著抽油煙機兩隻小燈，說話也要小小聲。

她站在側邊緊盯著她下廚，好像盯著一個為自己做飯的俘虜，不放過那雙手在流理台上任何動作。簡陋的食材平庸的廚藝配上樂逸的旁白，僅僅一刻鐘革命情感油然而生，房底的煩憂盡似蒜瓣給壓扁蔥管給切碎。

兩人移往屋殼進食的茶几，女房客背起一個反白字的黑袋子那頭先點燈這邊再熄燈，走起來酷似卡通，一步一頓，動作在黯啞中放大，跟在後面的她忍著笑學步走，過渡途中菜蔬黯然成堆，魚湯在兩隻手上怦怦然，好像抓著一池灰白的滿月。

她偷摸女房客的袋子，帆布質料，油和鹽和插座上那盞小夜燈都她帶來的。燈光低於茶几，照得暗黑不全的頭和身體好像傀儡那樣是分離的，抓著浮木載浮載沉的。她只覺得好玩，忽略詭異的部分，甚至讚賞這種拋荒中自我組織的生活，精煉的生活。女房客叫她趁熱快吃，她垂下臉來咀嚼著海鹽未散的青草，心懷感激。

處境一格較一格黯淡，爬梯回房途中，見房門底下透出一線光，她扭頭向下，女房客跟著止步揚起臉來，兩人相視，浮出一口月牙。

女房客在市區工作，假日才來鄉間，遇有連續假期都待在這荒寂的民宿。這番話令她安心，這頓正餐更是前所未有的飽足，她不忘先阻止媽媽探視，然後別無掛礙躺下去大眠一場，從天還沒亮睡到天已經黑了。

再次見面她在開燈給水時迫不及待想多看女房客兩眼，在碰面前幾乎想不起她具體的模樣，光是望著隔開兩人那道牆壁出神，眼前這人跟貝殼屋殼一樣好像都是空殼，只有幾道紋路和斑痕，靈與魂與身子是藏起來的。

女房客微笑預告：只有蛋會有變化。她竟然想成蛋生雞雞生蛋那種變化。

昨天蔥花蛋，今天九層塔蛋，其他沒變。煮食時說的是肺腑之言。她一字不漏注視聆聽，有時候攻其不備打探細節，女房客遂失語斷片。女房客說幾年前她發生一件很大不可能更大的事，大到……空空的好一陣子都空空的，她那先女兒之憂而憂的媽趁機大搞悲情，要不然還是菜鳥的她怎麼可能請調得動，長官都批准調回本島了，她不敢跟媽媽說她不想，她還不想回去，那時候開始讓開計程車的工友老婆載她鄉村到處去，一個星期換一間屋子，窗景記得清清楚楚，其他都模模糊糊，有時衣服也沒換就坐在那裡，住到這裡一覺到天亮就知道是這裡了，但還不停止，住遍旅館和民宿，圈圈叉叉打了一堆，唯獨這裡得到一顆星，那時媽媽就妥協了。

第三晚女房客偷拿菜脯來煎蛋。屋殼冰箱裡永遠不缺菜脯，好比他屋外永遠有枯枝，以襯托青魚和青草的鮮美？女房客忽然飄出一些可愛的題外話，浮想聯翩，她思索話的意思常常半途而廢。這讓她想到一個原住民同學，總是天外飛來一筆，尋求解釋根本是犯傻。當她說今晚小饅頭得少吃，明早才不會起不來上班，她再不笑了。她咬著忽高忽低的菜脯感覺胃隱隱作痛。

爬梯上樓時她按著肚子臉垂向扶手，後面伸來一隻手搭在她背上，問怎麼了，她像樂器接收到指令啼哭起來。

女房客帶她進房間，指她看窗外，她哭得更凶，淚水拔起眼中那巨檣植物，抹平一次又浮扭一次，抽泣聲中見它在風嚎中久久不散，似乎是一大捆枝幹，與她窗外的枯枝群不同，它們有蒼白的樹皮，愈看愈大張的蒼白樹皮。

女房客說她喜歡看窗外這座被野樹包圍的建築物，為了打聽它的身份追著屋殼跑，逼得他超高分貝吼：我不知道啦！不要問我！她開始看見房屋仲介的電話就打，聽見她的描述，對方就不多說了。她形容得含糊點，報上屋殼的地址，有人立馬查谷歌地圖，反過來描述給她聽，對方一描述就毀了，她後悔打草驚蛇，掛掉電話。接電話那個女房仲來過，拍照片傳給她，她已讀不回。女房仲收集到一些它的可能性：夭折的復刻碉堡、教堂、佛堂、藝廊、舞蹈教室、變電系統、環保站、觀測站，當然最有可能還是民宿，斷尾的搞怪的民宿。她還是不回，女房仲持續騷擾她一年，問她要買嗎出個價。

她聽到這裡莫名其妙的笑了。

她回到自己的房間直走向窗邊，直覺灰暗許多，最大那叢枯枝底部深黯如木炭，其他都是潰散的，不像隔壁房的窗有主題，主題也太大太具體了，她覺得自己的窗景較幽美。太陽穴貼在窗框上往側邊瞧，好似瞄到屬於那個奇怪建物的一小條沙線，她想都沒想就扳開窗又想都甭想急推回去，嘩啊能飛起來的東西全飛起來了。

敲門聲扣扣兩聲，再兩聲，耐心節制得很，她偷偷摸摸開一縫門，女房客斗形的下巴湊過來，問：你沒事吧？她含笑說：我開窗想看看那是不是月亮。

☾

女兒允許她這一天來，她就這一天來。走村中馬路一刀直剖可節省不少時間和力氣，但奔赴村外逆風而上才符合自討苦吃的心境，這一路被風螫得滿頭包，整個人壯大起來。

女兒文字敘述比鄰而居那個女房客是平板的，有如看小說，當面聽她文情並茂的描述簡直像圓謊，那思憶的口吻，好似久遠的事了，聽她訴說提出疑惑，她充耳不聞，不給思議空間。從倒開水、開冰箱到茶几邊，最後帶到女房客房間，面向窗外一座扁圓形的荒屋，終於停頓下來。荒屋下層隱沒在草木中，上層一排形似從前的照相底片的窗子環繞，從這個角度看，屋子外觀是完好的，蓋好才荒廢的，樹枝像箭一根根射過去成圈保護，完好如初，母女倆唯一看法一致，完好如初。

女兒不讓她來，唯恐她一堆好奇嚇到人家稀有物種，然而星期一女房客退房上班去了，居然是個有正職的人，還是不許來，女兒說她需要獨處自轉，否則前功盡棄。

女房客走時她鐵定正在作夢，雖然有意識要早起道別，但醒來前那個夢太纏人了，鬧鐘定時只會強暴這一切。醒來時空空的腦袋傳來一個聲音：「她走了」。扭了四球冰涼的喇叭鎖她悄悄轉渡到隔壁房間，女房客將窗簾拉上，東西收拾乾淨，床上床下排水孔一根頭髮都不留，好像那荒置的研究室一點令人的氣味都沒有。她把頭伸進兩片簾幕之間偷瞧那用途不明的建築物，看它公諸於世的怪模樣，真實而幻滅。夜裡她再來，把它看成一顆巨蛋孵出於枝叢之中，大概就是這樣吸引了女房客吧。她沒有告訴媽媽，她窩在女房客的床，輕飄飄的飛了起來。

女兒充滿想像的描述令她嚮往，但又習慣性的不得不站在反方來理解事情。這孩子太不世故，連人粗略的外表都說不準，何況內心，單看她估計班導的年紀就知道，她說三十其實是五十，說四十幾其實是二十幾，她改問比爸媽老還是年輕，後來她們在路上練習比大比小，她才知道她還會顛倒性別，男人看成女人，女人當作男人，用她的天真稱了那人的心意。她無法信任天真，但不否認天真造就的美好時光永保不朽。想那女房客不過是故弄玄虛，現今任何凡人只要逮到觀眾，都賣力把自己操作成傳奇。還好她走了！還好她還會再來！她聽著聽著竟同時存在兩種想法。

終結憂念最好是說服女兒早點回家，莫待到過年。女兒說她學著克難動鍋，才開始要穩住，日夜顛倒的情況像那顆小燈泡被女房客拔走了，日出而作日入而息，該亮的時候亮該暗的時候暗。

她感覺女兒的爸全知道了，從他的背影感覺得到，每回她心繫女兒想出門再到一籌莫展地返家，他都適時轉過身去，好像風突然轉向將他吹反，那背板遭風打穿，那麼樣空洞。背，那年他倆投宿於那決定人生方向的民宿，他對著「屋殼」的背低吟：喔，你看他那個背……那只有海床才養育得出來魚的肌理岩脈的體骼……男人嘆為觀止的男人軀體，女人雖然觀嘆，想的還是女人，她經常把他的話搶過來說，他用海來形容，她就用更多的海來渲染。她說有一回她去聽鋼琴獨奏，人家說那場地單數號座位可以看到演奏的手，她買的票是雙數號，從只能觀看一襲露背裝的女鋼琴家的背膀到不能將目光移開，從飄柔的水母到堅毅的貝嶺，一下子波濤拍岸，一下子水吻沙灘，好像看著一場縮時的骨牌表演，這要多少得天獨厚多少後天努力啊！

女兒未婚懷孕她擔心那些女人的反應，丈夫的感受還是其次，因為她相信也是婚姻受害者的他也不贊成婚姻？因為她向來是挑剔者，他是服從者？她該理直氣壯和他正面交鋒，而不是觀察他的背影，服從者的背影都是悲哀而叛逆的。

她煩到無處可逃，上網買一堆東西，媽媽居然主動說要來看他們，但不說是為這事，說是她一直想再來，一定得挑她未曾領教過的冬天，看女兒把嚴島冬夜形容成那樣誇不誇張，趁現在身體還行，一有這念頭，整個人興奮到日夜無眠，惹她老爸不高興。

這下她安心了，媽媽把自己變成一條橋，就什麼都過得去了。爸爸總說她，要寵女兒寵到什麼時候？媽媽重重回他，寵到我倒下。

星期五女兒打電話說來了一個歐巴桑，占據了女房客的房間，她聽著走出屋外，蹲下來拔草，言不由衷地安慰女兒，也許她只住一晚。女兒說歐巴桑剛燙頭髮藥水味重得要命，一定是要來幹什麼的，又說女房客從不預訂那個房間。為了安撫女兒，最後提議用她家的民宿房間去換那個房間，再不行免費招待總可以，必要時她會出面。

星期六她一問再問，才從女兒心灰意冷的字裡行間得知女房客果真出現了。她頂風麻痺的臉彷彿一張面具，一鼓作氣趕到那邊，大門未鎖，房門關著，女兒擠出一絲荒笑說：原來她們認識，歐巴桑應該是女房客她媽。

她們心不在焉的應付對方，耳朵想裝的盡是隔壁房間的輕聲細語。她虛情假意問女兒，要不要我今晚留下來陪你？女兒搖搖頭。兩人坐在床上吃檸檬蛋糕，那蛋糕扎實如床墊，她嘲笑是在路上被風打硬的，提在手上感覺滿紙盒風。女兒喜歡它夠酸夠濃可吃得其慢無比，否則蛋糕再好也是曇花一現。她說出乎意料鄉下也有這麼酸濃的蛋糕，一般而言鄉下人不太能接受酸，她等了好幾年終於有這家店，挑對蛋糕店，什麼蛋糕你都願意試。她沒說她那片蛋糕是買給女房客的。她突然說起之前看著你傳來的一張又一張山中美照，有一種異樣的接近不祥的預感。女兒不否認是那次山之旅懷的孕，只說，我也以為我找對了蛋糕店。

她媽媽一來就在機場廊下搭著女婿的肩膀把話說開，她坐在車內，眼神落在鑰匙圈掛飾上的一行字，「REMOVE BEFORE FLIGHT」。

這邊以為都安排好了，哪知孩子卻僵在那邊不肯回家。孩子的外婆再度打圓場，說想去拜訪那間奇妙民宿。她說服不了她，下車幫忙搬行李，那隻耳朵聽駕駛座上男人嗤笑：瘋了妳們！這隻耳朵聽媽媽說：哈，名副其實的中途之家！

她再不作聲，任她們催促，和男人也不說一句話，好好睡個午覺，喝杯咖啡，再出門感受逆來順受是最舒服的迎風方式。開門進去嚇一大跳，客廳廚房燈全亮著，食物衣物到處是，算算人就已知那四個，卻好像不只四個。她媽媽的行李箱就擱在沙發邊，下午茶殘留在桌上，外賣的晚餐陸續送到，她女兒不停網搜，她媽媽負責打電話，美言加金錢攻勢，不送說到他送，女房客的媽媽忙著一個媽媽會忙的事，削瘦的女房客背對著她們獨自在爐邊，堅持煮個魚湯。

她們各司其職，沒人要來跟她說這是怎麼一回事。她上樓悄推房門確定屋殼不在家，下樓偷偷鎖上大門。

一切搞定，開始小小年夜飯，女房客遲遲不願坐下，女兒起身熄滅頂燈，顯然兩邊牆壁已備妥小夜燈。

女房客的媽啼笑這暗啊！女房客再點上抽油煙機的小燈。外婆始終發著長長一個音：蛤——，孫女再加點樓梯上的燈。她拄著筷子說海上夜釣，一人兩枝釣竿。

話題圍繞在食物上面，櫥櫃裡的燈亮了起來，除了起身添湯的女房客，低駝在茶几周遭她們自軀殼拉長脖子欣喜望著，蠟白的貝一隻隻各就各位趴在層板上。女兒說聽！它們會唱歌！屋殼睡覺前會開燈巡視寶貝，開關藏在哪裡是一個祕密。

現在就她一個當地人，也許是她多心，她們好像都在掩護女房客，讓她像一隻有保護色的鳥飛翔時看不真切，斂著翅膀時亦看不真切。別試圖研究，萍水相逢的人共創的快樂是一種無法延續的極致的美好。女房客的媽說來接女兒回去過年，孩子的外婆說我也是，好有緣啊。

飯後回房媽媽要她們試穿新衣，兩襲羽絨外套從真空袋蓬開挺身而出，款式相同，她們搶著寶藍，不要淺粉藍，最後是做媽的讓步。她告辭時媽媽鼓吹她穿上它出去試驗耐不耐寒，又執意要出去給風秤秤斤兩，她女兒也一樣不聽話，穿上新衣第一個出門。

她領她們沿著大路走，風聲鶴唳撼得人戰戰兢兢，車不多，一來便如臨大敵。她令她們走前面，媽媽的白頭在黑風中彷彿一顆白貝，女兒凸顯的是白圍巾。媽媽斷斷續續回想屋裡那對母女，這使她無法專心投入行走。說到女房客來到島上那一年正好是她移居島上的那一年，媽媽扭頭再三強調，跟你同一年來的！這也要背著女兒偷偷講，她那個女兒不知道受了什麼創傷，沒有她過來催促不肯回家……吼喔，說這種天氣要搖船回去過年……明明手臂刺一架飛機，又說搭船比較環保……

她一陣恍惚……掉頭趕她們回去，說大車路好危險。

送她們返回民宿門口，無數遍小心叮嚀終於切分開來，同樣的路茫行了段，她橫切大路走進村中馬路，儘管兩旁荒蕪錯落，一種村的安全感讓她放心胡思亂想。她不知道為什麼，她也知道為什麼她會這麼想，那個女房客讓她想起那年那趟失敗的飛翔從天而降的倖存者幸運兒，據說肺部受損安全扣環深深凹印在胸口，難怪駝背難怪說話中氣不足難怪朦朧中那一臉悲天憫人，又總好像在笑……一個奇怪的直覺……光憑一些蛛絲馬跡……她環顧周圍，可能是身體被兩件外套像一雙手套緊緊裹住，荒涼的地看起來也像羽絨一樣柔軟，她全身漲熱牙齒打顫，好久沒這麼歡喜了。她想回去和她們在一起，看她們在做什麼。

第九章　不速之樹

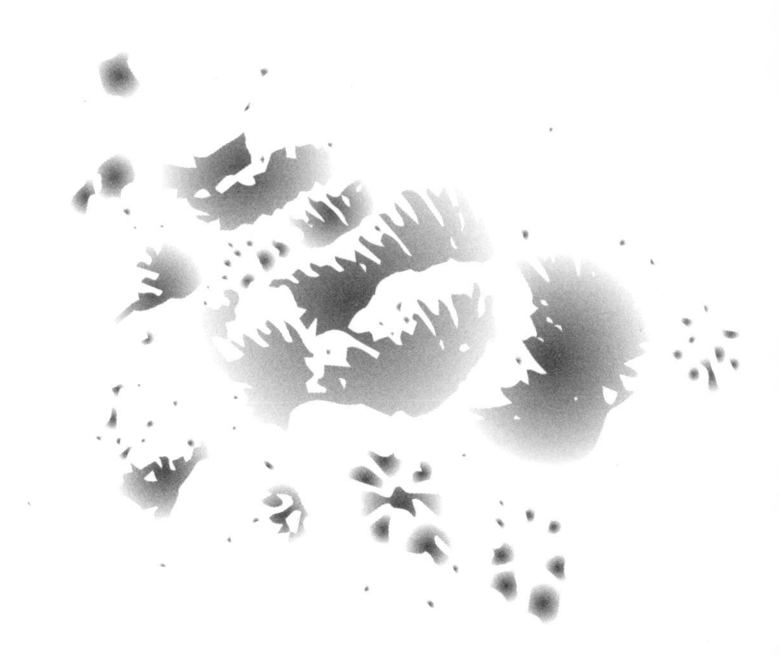

他下課回來，他們三人聚首共進晚餐，一張圓桌分坐三角，食物簡單，人安靜，喪家進食那樣，川金姑姑幾乎是閤著眼，他眼尖直盯飯菜，直到它們變不見。

有些事是不用教的，他知道怎麼做，別和姑婆有眼神的接觸。匆促下廚趕忙洗刷一身蚵腥川金姑姑的髮尾在滴水，耳裡有響亮的洞窟滴水聲水蛭默默吸附上身。他觀察出姑婆回歸之後吃的是鍋邊素，說的是殘浮句，他暗自祈望這跟反省慚愧有關，話再不要講得太殺太滿，更別發誓。

她說門不可直接對海……好像經過深思熟慮，隔天又說外口應該來砌一面……

每句話都是指示，川金姑姑懂她意思，開始載回來一兩塊舊空心磚，洗刷後在正對大門的庭院外緣堆疊起來。這面門牆保護他們不被惡眼望穿，但視野被掃進畚斗去了。

他照常出門上課，姑姑依舊趕赴剝蚵，姑婆打探蚵寮有哪些人，姑姑知道她擔心什麼，告訴她蚵寮頭家是某某人，都是頭家娘管事，她們是……喔，都外勞，姑婆吟思，挺滿意這情況。她不知道那些外來的女人老是搶快刺穿腸肚，頭家娘講兩句，不來「殺蚵仔」了，她們十八般武藝，出路多著，打掃、煮食、看護、按摩、修指甲……賺得都比這個快，現在又回到從前，蚵寮女工全都是村女。

川金的金口蚵婦幾把刀都撬不開，但是耳朵關不起來，蚵婦用口水養蚵用嘴剝蚵，她初到蚵寮花了很多力氣抵抗姑姑這個話題，一顆臭掉的蚵能拋多遠就拋多遠，海湧日淘月淘，殼蓋咬死死，千方百計打開，內底全是污泥。她們說市區一間青果行的老闆娘被一群道友關起來開導治病驅邪排毒，不吃不喝搞了幾暝幾日死翹翹！一群全是女人，口袋錢飽飽的女人，師父是一個退休回來的「博士博」……談話中串連了東一個警察西一個警察，從市區到鄉村，都有名有姓，由不得你不信，說到其中一個信徒就是川金那個驚世姑姑，也被傳去問，她開始錯亂，把肉丟到殼那邊，殼丟到肉那邊。

他驚訝姑婆涉及迷信殺人，更不敢相信川金姑姑把姑婆回家的事告訴他爸了。他和川金姑姑緊緊守著這個祕密，配合姑婆裝沒事，就是在等有一天她受不了監禁自動離開，家族的詛咒不就破解了，其他人知道只會打草驚蛇，這對他來講功德無量。他想得太美，壓抑使人瘋狂，川金姑姑在田野上亂晃，找不到人一吐為快，繼續忍下去會變成一隻咬人耳朵的野獸。

爸爸叫他趕快去補習班附近找房子。他又被小看了，他大聲拒絕，不要啦，回老家讀書比較專心，再換地方不知道還要再考幾年！

他沒唬弄爸爸，他讀書時前後兩間房靜若無人，靜到成透明的，他從沒這麼用功，整個晚上不會累，完全不碰手機與世隔絕，翻書聲規律起伏，書頁擦過夜空在海面上立成白色屋脊，時常太過專注被壁虎鑿鑿聲嚇好大一跳。

你川金姑姑很可憐，去買一點她喜歡吃的東西給她吃。

他問爸爸，她喜歡吃什麼？爸爸說不上來。當他提議珍珠奶茶，爸爸想到了櫻桃，曾經小姑姑招他們三兄妹合夥買一箱櫻桃，川金姑姑不肯，一定是捨不得花錢，那還用說。

他去買了一盒櫻桃，當晚沒人動，隔天回家剩下三顆在冰箱，姑婆不是正面對他說，但要他聽到，害我拉肚子。

隔天傍晚他帶回一杯珍珠奶茶，在院子輕拍川金姑姑肩膀，指一指擺在西邊圍牆上那高筒杯。杯中的水平線不見下降，他反覆蹭到姑姑身邊掐點她手臂，她百忙中抽空過去深吸兩口，他得以瞧見霞光進到杯水上，珍珠被抽上天頂。

姑婆回來之後他將書桌調頭面向房門，並且搬近到不被房門撞到就好的地方。嚴陣以待才抵擋得住驚嚇。他感覺得到她伏貼在門板上，久久久久才對門縫發聲，溫柔得要命，龍龍，後天，後天去樓上家裡，幫姑姑拿東西好不好？後天可以嗎？她自稱姑姑。

他在對街觀望，趁四下無人偷溜上樓去拿她要的茶罐、藥罐、帽子和一個包，突然刷地一陣聳動，躡手躡腳他嚇個正著，影子從照進屋子那塊日光中插翅逃去，兩隻雀鳥，他笑了，要不是姑婆製造哪來這麼驚險刺激。

返家進屋前他們總先在庭院會合，比手畫腳一番，練習沉默。川金姑姑用力搖手輕輕拿走那袋東西，告訴他，她說後天就後天，不許早也不許晚。他暗唾，乾脆掛個風水擇日讓她看日子看個夠！他誇張的生氣模樣逗笑了愈來愈灰頭土臉的川金姑姑。

他坐在花圃上等候，天好像停止暗沉了，他轉而巴望屋內亮起來，他相信川金姑姑完全可以摸黑做事，她可能事情一多就忘了在院子等他，忘了打開眼睛，忘了點燈。沒有他們入內點燈，姑婆會繼續假裝沒人在家，即使聽見庭院有開門聲。

坐著不動心越慌，越看空心磚牆越像一塊大墓碑，他挖空心思輕緩移動到空心磚牆後面，伏匿在那裡張望，屋子一框黑窗也盯著他瞧。原先每個房間各有兩扇窗，姑婆說這樣漏財漏健康，趁著大家長生病，找來水泥匠堵掉一半，所以每個房間都瞎了一隻眼，成了獨眼龍。隱約記得有一年夏天大家都在喊熱，然後那像火山熔岩的天氣凝固了。

他背貼磚牆改望著土地，這是他們家的田，田上沒有什麼是他能辨識的，除了川金姑姑。右耳的方向傳來陣陣廟會奏樂，一下子把人席捲，非常鼓舞，又像某種哀歌，他告訴自己，川金姑姑會用一種非常特別的方式出現，也可能突然從田上仰臥起坐起來。就是她那無時無刻不在靜思的表情令他覺得她快瘋了。人瘋掉是不是像指針跨到某一個刻度便進入瘋的境界。想到就可憐，姑婆一直霸占著她的床，她只好睡到阿嬤房間，整個人越來越駝越像阿嬤。

他舉起沉重的下巴，目光遲遲地擴及田野，擴及海岸線，那兒燈火羅列，彷彿那邊才是陸地。他零零星星的島上歲月加起來都沒有今晚來得長，他懷疑已經跨過一夜又一夜了。媽媽說隨爸爸返鄉是繳稅，我們家族全是欠稅大亨。現在他有的是錢，欠稅一口氣繳清。除了看電影，他不曾呆望一個方向這麼的久，望不出什麼心得，完全沒有，只有疲勞和飢餓，坐姿垮了人傾斜，交界模糊，潮水湧動漫向他來。頭倚的磚牆變成石磨帶動他，也不知是人在轉還是地在轉，繞著像一隻果核似的屋子轉，幾近陌生的景象來到眼前，因為在旋轉當中，他曉得他看到的是他從來不踏足的後院。廟會的鑼鼓聲方歇又起，努力撐著眼皮望著望著，望出天馬行空，一隻動物爬爬爬，隨奏樂跳起舞來，跳跳跳，越跳越遠，越跳越小。

他行李放落趕著出門，臨出門又倒回去推門探看房間，一厝空空，門埕看著歪歪，花圃連日日春也死到沒半叢，頭前看顧得到的這區田也看顧不到了，整區乾筆筆釘悄悄，蜻蜓點水，怎麼會有兩隻蜻蜓飛來飛去。

他趕著來到市區，一路念著姑姑的住址。每次他要回來，阿爸總吩咐他，要買個東西去看你姑姑。他不曾照辦，暗地頂嘴，關心你妹妹你怎不回去看她。最後他們都告訴對方，沒事就好。只有龔龍寄住的那一個月他寄了兩罐茶葉來，前後打過兩通電話，這個住址才變作一間屋子，姑姑自聽筒裡跑出來，客氣得好像另外一個人，連龔龍偷溜回老家，她也笑笑說沒關係啦，小孩子嘛！

他那時年紀比龔龍小，已經出外了，回家就是要吃一頓好的，卻要趕晚餐前送一鍋燒燙燙的麻油雞去給她，她一個禮拜有一兩天獨居市區修身養性，天氣很冷麻油很香，一邊找路一邊咒罵，難道因為這樣，他一點也沒忘記怎麼走。這次他赤手空拳，只帶了兩串眼睛要來看看她回來沒有，回到她的獅籠內。

他用最笨的方法，站在對面騎樓下看她的屋子有光沒，最好是能看到亮起來那一下。莫非島上的日比較長，愈等愈長，天都暗不下來。他以前好像跟這裡有仇，覺得住這裡的人都自私自利，看不起鄉下，今天這一站，也有村婦，也有草堆，也很鄉下。

他進市區的另一個目的是買冷氣，買什麼電器都不會像買冷氣那麼無聊，看得他沒意沒思一直打呵欠。沒想到聾龍反對裝冷氣，他問得不是時候，他剛從補習班「冷得要死，變態的冷氣」走出來。他說家裡冰箱都是製冰盒，敲完冰塊再製冰是他每天晚上提神醒腦的運動，睡覺時床下床上櫃子上面冰分三路高低布置，凌晨躺下，冰塊開始融化挪移，咯咯咯，催眠進行曲，融化得差不多，也睡得差不多了。

日頭這麼大個，他從冷凍庫的冰盒堆裡翻出一小袋魚，反了，跟以早一大堆魚一小盒冰塊剛好倒反，川金那雙手啊，袋子擰成真空包裝，奇怪一丸不知啥，川金的頭腦原本那麼簡單，現在怎麼變得這麼難解。

那丸解凍後一層若蝙蝠皮，撕開來一隻魚尾又一隻，這啥？煙仔魚尾！他真想丟出去，窮到被鬼抓去也不用吃這種東西。

外口燒滾滾，他趁聾龍不在把它煎熟中午做一餐，吃得滿口膠黏全身膠黏，盤子上若貓啃過幾節尾骨光溜溜。

這天他比龔龍晚到家，一進門就想罵人，暗矇矇燈也不開。龔龍卻在那邊歡喜直問姑姑回來了喔？他不應，低頭只顧分出兩人份的蚵仔，撈一把溜剩一手窩，活跳跳，再溜再撈，身軀燥熱，只有這隻手水嫩。

他騎車村裡村外兜巡，一直騎一直有養蚵人家堆出來的蚵山，他忍不住朝低頭坐著的女人當中尋找川金，旁邊站著的男人若不是丁路，就是某人或者某人，村裡可能養蚵的男丁的名字一個接一個跳出來。

他知曉丁路的家族在那圈圍，不過那是以前，像他們兄弟早已各分東西了。在自己社內等一間屋子亮燈，比在市區更不光明正大，沒有那些樓把脖子架起來看月亮，平視讓人六神無主，看起來賊頭賊腦。路上走動的也沒幾個，好像都在蚵寮還未返來。

他一心認定的那間屋子亮光了，他趕過去，客廳沒人，他朝後面一定有的水龍頭方向叫：有人在嗎？有沒有人在？女人果然就從那兒出來，他聽說她是從那種沒有冬天的地方嫁過來，一看怎麼那麼白。這時一個男人打著赤膊停在樓梯中央，女人仰臉對他說：來買蚵仔的！他就爬回樓上去了，也不問來的人是誰，鄉下人不像以前那麼好客了。他印象中的那個丁路是個瘦猴仔，沒一粒肥滋滋的蚵脯。

他在女人開冰箱時問：他是丁路？女人說是，報上全名張丁路，誇讚他養蚵剝蚵肉是做信用的，蚵養在清氣的地方，蚵剝得衛生，不像別社別人怎樣的不老實……一個外國仔將咱的話講得頭頭是道，同一番話在地人來講都沒她可靠，她家那邊的口音跟這裡的腔口像兩條繩子緊緊打在一起。

他愈聽愈自然，就要跟川金一樣當她是頭家娘了。他猶豫要不要問她，川金去哪了。她跟他說完再見，在他背後問：你是我們這裡的人嗎？我是川金她哥哥，他立刻回頭。她瞪大眼睛喔了一聲，問他今晚要煮的嗎？忙去將冷凍蚵換成日暗前最後剝的一批青蚵，邊秤邊問：川金要回來了嗎？他反問：她有說她要去哪裡嗎？她皺眉給他看，從下巴嘴鼻一路皺上來，說：她說她有事，是不是去看醫生？

勤勞的女人只有生病才會放假。川金的好朋友陳淑也提到醫院，她說川金已經好久沒去醫院做看護了，川金那種只會做不會說的人誰不喜歡，本來做得順順的，去避幾日太陽吹幾日冷氣又有錢賺不是很好，一分錢一分貨，人我都幫她挑過，費用也比別人高，我叫她要存錢買個醫療險，人到一個年紀要垮下去是一下子，就是最後照顧的那個阿婆太重，「成了壓垮駱駝的最後一根稻草」。

他們在網路通話，陳淑這句話他看了又看，川金的確像一隻駱駝。兒子問他，你們為什麼都欺負川金姑姑？為什麼川金姑姑那麼「奴性」？他腦子冒出一個畫面，川金是一隻駱駝，大家都坐在她背上。

聾龍把特大顆的蚵仔推給他，說看起來很恐怖，像一顆軟爛的眼球。他滿嘴蚵講起他去找蚵寮頭家娘的事，好讓兒子安心，川金姑姑不會失蹤，她跟頭家娘說她有事，說不定真的去看病，很多人生病不想讓別人知道，想要安安靜靜把病治好，明天剛好十五，我去廟裡拜一拜就好了。又叮囑記得喔，飯可以亂吃，神不能亂拜，要拜就拜正神，像我們廟裡的恩主公，跟家裡面的神明祖先，祂們絕對是正派的神。說著他問起佛桌上那尊小金佛哪來，拿起來重重的，可能是真金。

聾龍說這件事也很玄，他住姑婆那樓上，不敢多看她神明桌上的佛像，那時就注意到擺在最邊邊像小玩具的這個全身金的小不點，祂眼睛小，跟祂不會有眼神的接觸，姑婆都拜那幾尊大的，祂沒被拜到，被邊緣化了……

他不許他胡說八道，急著想知道，祂怎麼會到這邊來。兒子又講了一遍川金姑姑傍晚沒回來，他在院子上拚命等，等到睡著了，怎麼滿舒服的，好好睡，越睡越有風，睜開眼睛哇，星星好大好亮，就是小時候跟媽媽在這裡看的那種大星星，媽媽說的白金的星星，白金比黃金貴，白金比黃金永恆，媽媽說。

電話中講一回，見面時又一回，這已經第三遍了，聾龍的奇遇記、漂流記、歷險記。最受不了的是說他看見一隻黑熊在田上走，他笑他在作夢，他也不反對，但再三強調，後來他才恍然大悟，黑熊是落荒而逃的姑婆。

他看到天白了開始慌，奇怪，蚊仔蟲仔都沒咬他，田裡的泥土尿下去冒煙，他想我們是在怕什麼，回頭就開門進屋了，該回來的沒回來，該走的已經走了，平時她倆房門都關緊緊，看不出裡面有什麼不同，他到處東看西看，沒少什麼，唯獨多了這個小金人，可能她以為黃金能鎮住她發的誓，派祂坐鎮。

他不吭聲，龘龍叫一聲真的啦！小時候媽媽跟他玩，看兩張相同的圖片哪裡不同，他們也會用實際的房間來玩這種遊戲，每次回老家就是先看哪裡不同。

家族中的姻親對他家的姑姑怪現象嗤之以鼻，唯獨龘龍的媽將心底的質疑講出來，他阿母既憂又喜，說他娶到一個憨蝦仔，姑姑冷笑她鐵齒不信邪，後來她生病早逝也是他們怕姑姑的原因之一。

他對著空碗公繃緊臉，龘龍又說，我還去抱了一下川金姑姑的大豬公，沒變輕，裡面都五十元硬幣，這裡的錢都一股魚腥味。

川金姑姑一天不在，姑婆就待不下去，龘龍一個人在老家住了八天，每天都感覺川金姑姑明天就會回來，每天都決定明天打電話告訴爸爸，她們不見了。

獨自在老家住上八天很值得炫耀似的，也不想想自己幾歲了，去講給那些嬌生慣養的堂兄弟姊妹才會大驚小怪，撐這麼幾天沒瘦反肥，他更是第一次看兒子放著鬍鬆不刮，肥得髒兮兮的。聊過幾次他懷疑兒子那些奇怪的話是因為獨居而來的獨立思考，人不應該獨居，除非結過婚歷練過，他的姑婆和姑姑獨居獨到別人讀不懂了。

他還煩惱若阿爸問起川金。

阿爸問十五有去拜廟口沒？

他答有，拜的人不多，總啊共啊才十幾個籃仔，都拜泡麵、麵條、罐頭、麥片、麵包和餅乾，我誠心誠意炒一盤米粉全是料……

你炒不是阿金？

阿金不知跑去哪？

我早起打電話喉二十四聲，喉完伊就打來，講有夠熱，菜都種不活，變作苦菜。

他不敢細問，就說天氣熱迸迸，拜到天欲暗米粉還燒溫燒溫。

返來後他無一日睏成眠，眼皮一被光撬開，跟著整顆頭腦也開了，腦神經浮來浮去。人家說十七的月亮比十五圓，最圓最大，窗暉穿透眼簾。

電話中阿爸聽不到他哀聲嘆氣，還在問他，咱那邊的月娘有變色沒？

阿爸在公園有一群早起時的朋友一群日頭落山的朋友，「懸日」就是從日頭落山的朋友那裡學來的，「懸賞懸崖那個懸」，阿爸還怕他不懂咧。天空出現懸日已經不稀奇了，接連三個月看見懸月，血月，他們都在談論這種凶惡的天象，異象，懸日懸月都分不清了。阿爸說月娘變作紅色，紅得若鰓，魚死去還未死多久那種烏透紅。兒子告訴他那是因為空氣污染，天頂濁粉粉，汝注意看。公園裡歸咎污染的人嘲笑怕死的人，他當然是站在科學這一邊，在兒子面前就不假裝了。

睡前他在床下鋪一條濕毛巾，半夜已乾枯凸出顆粒，他倒水在上面踩一踩，用絕不吵醒兒子的決心偷渡，鬆一口氣給門外那具蒼灰磚牆驚一跳險險破功。這就動手，蹲馬步一塊接一塊恭恭敬敬將空心磚接掌下來。龔龍問他，為什麼川金姑姑把姑婆的話當聖旨？他也要問，為什麼川金姑磚躺著疊？搬開才知疊這麼多，磚塊浮連擠得沒路，眼看灑在地上的不是月糧是天光了。姑婆說蘆薈避邪，川金姑姑就去海邊找蘆薈，沿著院區種，一叢比一叢更粗勇，一支一支若牛角，他在搬磚時感覺它們一直在拓大。

他趁著日出前日落後出來勞動，換一個好覺。除了厝跟牆不會長，好像連石頭都在大起來。厝後發一欉樹仔，比空心磚疊得還高，川金不在才幾日，也沒落雨，是飲啥大的。他聽到嗡嗡一個老母在講話，最長一波拉鋸還是沒成功。伊講一遍又一遍，去阮厝拿電鋸仔啦，汝看汝鋸到一身軀汗，阿孝有買一支電鋸仔返來，老鋸仔鋸到三更暝半……黏在他身上的何止是汗，還有土和樹汁，眼周都黏糊糊了。

他托運回來給川金的工具還真不少，別人家沒有的割草機、探照燈、封口機……偏偏就是沒有電鋸。自從姑姑叫人砍掉田邊那欉桑樹就沒有樹了，川金哪可能放任地上長的東西大到需要出動電鋸。挑高的倉庫一絲陰風在頭頂繞，川金井字型的分類冥冥之中有鐵的指令，鐵鎚鐵叉鐵秤鉈，裝滿鐵釘的鐵盒，他拿起一個厚厚的紙封套，抽出一支不大不小砂紙磨過的鋸子，鐵血鏽瞬間濃到最高點，他用拇指刮擦鋸子那像錢鰻的小齒牙，還信心十足感覺它利。

龔龍看他衣衫濕透哇了一聲，他吸上一口犒賞他的珍奶哼了一聲，用臼齒碾壓珍珠，放著舌頭不動哞哞吐露：到底是誰人有奴性啊？沒主人哪有奴才啊！龔龍聽懂不懂，猶是那句話：川金姑姑回來看到一定很高興。

他請出倉庫裡的耕耘機，想當初他是怎樣教川金使用它，現在它終於等到機會反過來駕馭他了。川金保管的工具不認主人，不缺油不缺電也不缺哄騙，說走就走，只有看著她畫錯重點的田園才有理由笨懶。這就是所謂的網室？若蚊帳的綠罩子，番茄青椒苦瓜呀茄子芹菜，還有不知能不能吃的青草攪攪做一籠，一隻小蝴蝶頂著天在裡面橫飛，他坐在機器上好幾遍差點撞上去，好幾遍瞥到有一粒大青椒那形的綠人頭在裡面鑽來鑽去。網室以南大片土地就完全是看不懂的「殘園」了。

矮牆外又有老母在講話，對啦！互相啦！阿金去顧老的，汝返來將田踏踏咧，加減種一點兒菜來食，免得發草，不多久樹仔包去了了。

村裡沒有人問他，都他們自己講的，講伊返來換川金過去，講伊阿爸人艱苦住院，需要人顧，想嘛知影。他們完全沒有猜疑，他顛倒不安心。

日黯他渾身土氣上床，枕邊爬滿根莖。收工前他赤腳巡踏鐵牛耕過卡卡的地方，踏到的都不是石頭，也不是根。想愈多床板跟身軀中間就洵出愈多鹹水。

含一嘴清水他潛出屋外，天頂像水母一樣柔白，網室內有葉子偏黃，他拿根棍子去翻推田周那些硬塊，一下是肩膀一下是腰脊，把天地都給搖醒了。他強忍驚恐研判出那些腐朽的可能是鳥屍貓屍狗骨頭榴槤殼，黏在上面的土像它們的肉；有的不知是啥，搓掉泥土之後敲打，竟然是塑膠盒塑膠玩具，一個塑膠豬撲滿碎去，圓圓的銅幣埋在土裡，一組海灘玩具好好的，弄著弄著身上也裹了一層泥土涼露，他不禁想起他回來那一天，兒子問要不要去報警。

兒子出門上課，他立馬奔赴警局，把他妹妹不見了的事講給警察聽，發誓的人回到她發誓永遠不回來的地方，以及田底翻出奇怪物件梗在心口沒講，一閉嘴香逞逞的咖啡剎變作低迴的茶香，牆邊有一組文雅的茶具，一隻使人看了涼快的陶瓷青蛙立在乾旱的茶盤邊，他正想著怎麼加強案情，不讓報案變得好像茶餘飯後，眉毛中間有幾條深溝的資深警員起立，換一個年輕會笑的警員坐落，他額頭平坦發亮，使人心情稍微放鬆。剛剛那個沒動手，這一個又寫又打又問的將他講的事情記下來，顯然尚未坐落就已經在聽他講話了。

——我們能幫你的就是查看她有沒有搭飛機搭船，有沒有就醫紀錄。

——對對對，我就是要知道這個，她以前那個房東不止寫信還有寄東西給她，她不去找親戚，說不定是去找她房東。

——家裡有沒有什麼不一樣？

——沒有咧。

——一個人住那麼久，她不在一定會有什麼地方不一樣，屋裡屋外找一找……

——喔，突然長一棵樹，我把它砍掉了……

——樹？樹不是代罪羔羊，你砍它幹麼，說不定是你妹讓它長的……

——沒可能。

——不管怎樣，樹能遮蔭降溫，讓鳥來築巢唱歌有什麼不好，是什麼樹？

——不知道。

——會不會是構樹？你說長得很快，樹幹瘦瘦的，構樹能做紙，葉子是不是開叉……

——夠樹，不夠樹，我們家沒有樹，我哪記得葉子有沒有開叉，樹枝沒多粗卻硬得要命，還咬我鋸子，我把它鋸掉了，用鹽塗在樹幹上讓它死……

——喔它會痛啦，趕快下一點雨弄一點水讓它活起來……

——你這個警察怎麼這麼可愛啊！啊會不會是菩提樹？

——最好是啦，趕快回去把它救活就知道了！

他發動機車泊泊作響，警察站在門口兩手扠腰，說上個禮拜別村有個人四十多歲回來，找不到他的家人，把手機、外套、鞋子都擺在岸邊，人就跳下去了……

喔！我們不是那種人，絕對不是，我們很貪生怕死！

他呵呵笑，警察也笑，說那就好，貪生怕死的人最可愛！

☾

躲過了日鬥，他又來到田上袖手觀望，有一老母在牆外喊：欲種豆仔我有籽啦！他應著好啦謝謝，想摘網室內的苦瓜來炒蛋，卻斜斜地往海岸邊的屋子走，那人又站在那裡了，好幾次他在田上都看到那人站在樓上一直往這邊看。

那男子下來應門，他報上小學同學的名字，門整個開啟。那男子當場使他想到故事書裡的兩個字，書生。本來在陽台上都是穿一件白背心，下樓來披上一件白襯衫，這麼熱還穿長袖白襯衫，可能屋子太亮，多看兩眼，白得發黃。若不是襯衫罩著，這人大他家龘龍不了多少，甚至更幼稚。

他小學同學的名字正是男孩子所知道的屋主名字，其他就沒有交集了。桌上有一張白紙上面非常工整漂亮的寫著三個字，他同學的名字，這樣被寫在那裡不是什麼好事。他必須記住他現在住的是誰的屋子，但說不出這地方名，忽然想到，兩個字說反了，呵呵在笑。

獨居和獨自工作的人懶得說謊，他們實話實說，而且盡量不要看著對方。

他說他很多年未見到他同學了，前幾天才聽說這個屋子是他蓋的。

他說他不認識屋主，他是屋主的小舅子的朋友。

他知道他同學是做裝潢的，怎麼屋子蓋好沒裝潢，乾乾一個水泥罩。

而他所知道的是跟景氣有關，原本要來經營的人不來了，冰箱跟床墊是一個老人來釣魚時買的，菸灰缸應該也是。

床墊在二樓，三樓最小的房間垂掛一件灰格薄毯充當窗簾，上面有航空公司的標誌。他邊走邊說，這房子竟然四面環陽台，沒看過這樣子的。他站到年輕人站的地方望著他家門口延伸過來的一片田，在虎光的夕陽下顯得很生猛，開天闢地的生猛。回到一樓他才發現地上有個陽春的帳篷，裡面有枕頭和幾本書，笑問這你貢獻的？

他沒否認，仰著臉說：我依照光線和溫度變換待在三個樓層的時間。

他也仰起臉說：我不知道我同學這麼浪漫，開這麼多玻璃窗，小鳥會撞過來啊！

他說：對啊，所以白天窗全開著，讓鳥穿透，那種撞鳥的聲音比中彈還可怕。

他走到門口掉頭問：你來這裡做什麼？

他痞痞地說：抽抽菸，吹吹風，寫寫東西。

他聽著一副認真嗅聞的表情，說：當作家就是了啦，你家的人知道你在這裡嗎？

他答得很輕鬆，不知道！

那你自己要注意安全，他說。

他走到柏油路上，聽見男孩子問：田裡那個女的呢？

他哼笑，她喔，跟你一樣，不知道跑去哪裡，沒人知道！

男孩子又問：她是一個怎麼樣的人？看她在那裡忙來忙去，讓我想起我小時候讀的一本鼠兔小姐，老鼠的鼠，兔子的兔，它說，獨居的鼠兔小姐工作量相當大，收集花、候鳥屍體，牠們是披著兔皮的狼，不像外表一樣……

他抬頭往樓上看，荒笑著打岔：她不是屬兔啦，你寫得差不多就快點回家啦！菸抽那麼多不好……

男孩子笑著說：大哥不要走啦，我背一首詩給你聽，我想抽個菸編一編海市蜃樓，我藉著日光點燃雪茄，我不想工作，我想抽菸……*

*阿保里奈爾（Guilaume Apollinaire, 1880-1918）〈旅館〉：
我的房間像鳥籠
陽光由窗牖溜進來
我想抽個菸編一編海市蜃樓
我藉著日光點燃雪茄
我不想工作　我想抽菸

第十章

黑岸

她走的堤岸是個倒「7」字型，走到前端勾過來的地方，與另外一道堤岸盡頭隔水相望，一對年輕男女坐在對面夜釣，她都忘了自己也還年輕，因為他們，感覺岸台搖晃，像耳垂被耳環牽動著。

堤岸自馬路延伸入海，同馬路寬，向著外海築上高高的圍牆，裡邊完全開放，對於範圍內的海水不用提防，幾隻小筏泊在路面與水面的落差之間，想像它們的主人上船時一躍而下，也想像自己踩空落海，對那像一塊大香皂的岸肩始終害怕。

她小時候學游泳的動機是你爸爸家在海邊，但爸爸家的海掛在口頭上，從不曾游進去過。

人貼著圍牆走，幾乎是擦肩而行，扭過頭去，下巴攀懸在牆峰上，這一伸長才曉得自己是隻長頸鹿，被多汁的樹葉吸引。那塊島礁在牆外不遠處，彷彿手搆得著，比村莊還要接近，每個晚上海面隆起的岩塊不一定，日漸高大，又逐漸縮水，潮汐裁去它的下半身。

第一次媽媽在堤岸上迎面而來，她居然不認得，以為是個少女，遠遠的預先讓出牆沿的路面。她沒想到媽媽這麼瘦，身上衣服那麼漾，媽媽笑說幫這些放很久的新衣服找到了名堂，這叫散步衣，明知道不適合穿了，還帶過來，至少能做睡衣那時想。之後她們常常這樣，一前一後出門散步，在堤岸會合，一道回家。

滿潮時那島礁遠游，她胸腔眼球都提上來鼓脹著，在海上漂浮。她轉身背頂著牆堵站立，一肩扛起背後的海洋。別以為被護在堤灣內的水不會興風作浪，倒影在水面上的路燈斜長歪扭，好像一條條解開的金緞帶，解開它們的黑水手一具具仰浮在水面上，暗暗搖晃周圍堤岸，那波動和水紋有心跳的節奏，她越看越害怕，像是超音波拍攝的胎心圖，護士主動列印出來，讓準媽媽將它貼上網接受祝賀。

她可能也不會讓孩子在這水裡游泳。她朝向岸上村落，看著那兒較心安，對她而言那裡是一些夜晚的房子，白晝似乎不存在，媽媽打那兒走出來，好像是另一個女人。

對岸年輕的釣客，媽媽研判是市區來的，從口音、口吻和兩張導演椅。潮水如鋪盤的刨絲，擺在上面那麼點東西變得可口澎湃又不真實。垂釣的兩人有說有笑，散步的女人一會自嘲一會恨得牙癢癢，不愉快的談話搭著愉快的談話進行，多健康的洩恨方式，什麼都過得去。

媽媽從爸爸那兒得知二姑姑知曉她未婚懷孕的反應。沒辦法，你們走在時代尖端，二姑姑說，也好，孩子生下來，姓我們的姓，曾家還沒有生到男孩子。媽媽稱爸爸是「曾家的資優生」，曾家的資優生也覺得很荒謬，還要這樣強調，人類登陸月球有什麼用，還不是在為這種古時候的事情煩惱，月亮一定笑我們白癡！不如就姓外公的姓，氣死他們！

重複別人的醜話，自己重重加碼後，再不屑提它了，媽媽繼續穿出更多輕飄飄的洋裝來散步，問她，記得這件嗎？買給你你不穿，說看起來像僕人，還有一件白的，被說成像醫生……媽媽悶了一整天，笑得好誇張，水面都是笑紋。說起那些個含有鹽分的往事更是笑裡藏刀，她愈否認自己的幼稚言行，那笑愈波波相連環環相扣。在堤岸上她們變得像閨蜜。

她遠遠望見媽媽和一個身形差不多的女人立在村岸邊，好像也有說有笑。媽媽一走過來就告訴她，那個女人二姑姑曾經找來幫忙打掃民宿，她對她印象特別好，奇怪了，二姑姑卻不再找她，拔拔也不幫忙找，剛才一晃過去還不確定先叫住再說，一下子太熱情嚇到人家了。

她說，我們怎麼不走過去對岸，看他們有沒有釣到魚，就一直覺得他們是在釣假的……釣假的？媽媽又癡笑起來。

兩人走回村岸，彎向另一道堤防，途中媽媽想起昨晚作了一個夢，現在作夢如果沒有一起床就講給別人聽，很快忘得一乾二淨，就像沒作過，這個夢沒說也沒忘，原來是美術班一個同學說過的事情，並不完全是她的夢。

美術班的同學和先生一退休就負責照顧孫女，一顧好幾年，隔代教養兼隔岸教養，孫女能吃能睡很可愛，就是看牙超不乖，所有牙科都試過了，沒一個醫生拿她有辦法，跑給醫生和護士追，都在換牙了，再蛀就慘了，聽牙醫的話，乾脆帶去大醫院一次解決，哇啊，帶她去坐飛機好高興，以為又要去找媽媽玩……該拔的拔該補的補，手術完躺在恢復室，等麻醉退了，醒過來坐起來找人，阿嬤一看就哭了，好可憐，滿嘴的血，披頭散髮黏在臉上……說著媽媽轉臉向她表情悲慘地說：我竟然把那個小女孩夢成是你了，整口牙拔光光，戴一個牙套……話告一段落，又來個啼笑皆非，海風潮浪全跟著啼笑皆非。

在天氣大熱之前，她們決定離開，三件手提行李，外加兩個原因，交代他跟二姑姑說一聲。胎位不正，她外公待做心導管手術，她們得去一趟，他小心翼翼免得說成回一趟。二姑姑說，現在說胎位不正不會太早，到時候他也可能自己轉正啊。到時候有狀況就太晚了，他說。

結束這段必然不愉快又必定要的對話，幾個月歪扭的氣氛立刻轉正。妻子將他接下來的工作和生活都安排好了，在天氣大熱之前，有兩對妻子說的「貪心的」情侶會先後抵達，除了拍婚紗照、預支蜜月，還要辦告別單身派對，共用的攝影師，隨行的助理和造型師，以及各路友人，一大群組。講究質感的妻子少見的接受滿房的狀態，甚至要挪用懸在天邊他獨處的那間艙房，她出門說要去「買床」，進市區逛了一下午寢具店，在單人和雙人、床和床墊兩岸搖擺不定，最後嫌又貴又醜不買了，他竊喜沒用女兒懷孕來阻止這件事。

妻子說那個攝影師怕吵，同意睡一樓和室。他們只需交通工具和一頓晚餐，其他自理。妻子並且幫他安排了兩個幫手，他們知道該做什麼，有其他需要也可以請他們幫忙。

妻子給了她除去主臥室以外所有的鑰匙，房屋打掃過家飾用品更換過他都後知後覺，驚覺一束花「鶴」然出現在桌上，一管脖子恨天高花朵一點兒像隻小漏斗這叫什麼？那時女兒還一點兒，每年春天不載她們上山採一回不行這叫什麼？在這屋裡似乎不曾見過偶爾出現在她骨董櫃上一支滿是這白花的南美綠陶罐他深怕不小心碰碎這叫什麼？妻子最近一次提到來往的花店老闆娘，說她俗不可耐，該不會換了新花店。

那天他過去確定國賓的進度時，「熊熊」想起那花叫做海芋，海芋。

漁夫煮魚很有一套，妻子委託國賓料理客人的海鮮餐也對。國賓來廚房瞧一瞧，兩手扠腰說太整齊乾淨了我不會煮，乾脆在我那邊弄好再端過來。他到國賓那邊從未遇見郭里仁，說不上來，總感覺有她的影子，藏在編織的門簾後面，或者閣樓裡。他不知道妻子知不知情，男掌廚女收拾，他以為這回妻子的安排會讓他們大方的一起出現，也許這屋也許那屋，但都沒有。

梳洗後渾身皂香的國賓打後門送過來一盤又一盤誘人的魚蝦鮮貝，用一個清新的托盤穩穩端著，擺盤配色不俗，直覺有個女人在背後指點幫忙。

此時此刻屋裡出現新娘，他以為會因女兒未婚懷孕而傷感，竟完全沒有，全身白的新娘來到逐日溫熱的海邊讓人想到北極熊。攝影師跟他們說下午三點以後光線最佳，出外景前屋裡感覺挺好的，難得比網路上秀的相片優，來做個室內街拍，隨性想做什麼就做什麼，在廚房用玻璃杯喝白開水，在浴室照鏡子，甚至歪在床上都可以，無聊了就無聊的表情，當其他人隱形人，想做表情給鏡頭，也是賞狗仔一點狗糧那樣，不要去迎合討好鏡頭，十年八年以後再看，街拍，抓住動態那一剎那，會比正襟危坐雋永得多……

雋永，呵，他說雋永。

他蹭到老家，串起兩扇窗隱隱約約瞧見他們在客廳取景，海芋被一團濃霧般的白紗擁著，海芋是兩人的定情花，一見海芋便發出一聲狼吠月似的嚎叫，那人是新娘。

不一會，有手將窗一搧，景深滅了，屋子動了起來，同時間幾隻手在進行隔離，關窗聲此起彼落，被阻絕的一些什麼平貼在窗戶上。他離開窗邊，坐下來和阿爸吃粥，桌上幾圈煙仔魚煎得恰恰好，為了上這輪焦色吸點油煙也是沒辦法的事。他用筷子挑起魚片中間暗沉的兩塊肉，好像挖空了它原本就瞎的兩隻眼。阿爸吃法跟他相反，外圍都吃完了，剩下相連兩塊黑褐色魚肉。

像似隔壁樓上傳來關窗聲，像似他們在樓上嘻嘻哈哈，有人說這蚊帳好美，來裡面拍一張……

他聽到車聲醒來，一看接近三點。離開老家鑽進民宿前他張望了一下，何謂拍照最佳光線。屋裡冷氣沒關，窗戶有關就阿彌陀佛了。

告別單身派對那個下午房客進進出出，從機場接來朋友，還有一個必須拆掉冰箱隔板才放得進去的蛋糕，周圍塞滿形形色色的飲料。剛到的一個幾乎是光頭的小姐，據說是促成這次婚旅的回頭客，一來馬上和老闆娘視訊，還高調嗅來老闆，口口聲聲想你喔！他在流蘇耳環比身上布料長的她身邊感到尷尬，看著螢幕裡遙遠的妻子更尷尬。

他知道今晚勢必會拖很晚，躺下來試著睡個午覺，身體被拉得又漫又長，完全沒能放下，爬起來騎上國賓的摩托車，能去的地方都去了，忘記付黑白切小吃錢再倒回去，天一點也沒有要暗的意思，打市區騎回鄉間路上與樹同行，兩側枝葉在陽光撤離之後於樹幹間穿梭成更具體的陰影，一衝上橋猶亮白的水泥圍牆像豎起來的沙路，他過村而不入，想到那間引誘妻女出逃的可悲民宿已經過頭，下一個目標立刻浮現，竹排村那抱海的民宿。

去別的村莊任意消磨時間都不成問題，回自己村莊同樣的時間不僅變長，尚且打結。他這個主人和整棟樓房都燈火通明，還有什麼比青春作伴更浮華鋪張的呢。

村裡頭有一個比告別單身派對更有聲有色的地方，他被吸引到窗口，出神地望著吹吹打打的宮廟樂壇。來了一個人在他身旁站著，和探頭的村人氣味不一樣，友善地跟他打聲招呼，隨著鑼鼓節拍搗動下巴，喃喃：竟然都是年輕人！他回應一聲噯，不曉得這人誰。穿白T的這人跑進廟裡，朝窗口一瞥，他才想起，喔，攝影師。

攝影師對他們豎起兩隻大拇指。身為民宿老闆的他能說的就是，這些年輕人是村裡的居民，要不就是住市區的村後代，他們對村裡的廟很有向心力，初一十五拜拜請壇、宮廟慶典，鑼鼓聲一響立刻有普天同慶的感覺。攝影師說裡面那個最小的小孩十一、二歲吧，跟他兒子差不多大。

二十分鐘後攝影師在學校操場跑了起來。路上他說他有夜跑操場的習慣，繞操場自轉最放鬆放空，圓圈最昇華……昇華，這形容詞又讓他肅然起敬；又說自己食衣住都很隨便，唯獨講究慢跑鞋，當然，追攝影器材已經無可救藥，別看他拖的行李箱破破爛爛，裡面照相機、鏡頭跟明星一樣，反過來不貴不穿的慢跑鞋裡面的人卻破破爛爛……

聽到破破爛爛，他趕緊岔開，避免開啟交換自剖的交友模式，問他有沒有來過。

攝影師卻答想買運動飲料，找不到雜貨店，想喝水不敢回民宿，被年輕人逮到就出不來了，學校應該有水吧。

學校走廊一條水泥溪流，等距築有一座座洗手檯，扁白的肥皂圓的橢圓的舌形的一片片浮在檯面。攝影師彎身喝水，說鹹鹹的，感覺好多礦物質。他跟著淺嘗一口，提醒止渴就好，小心病菌。

攝影師的攝影功力還不知道，但看他跑那麼輕省沉寂，絕對專業，他的愛鞋更似不著地運行著，顯得他在場邊踱步拍打手臂很干擾，最好離遠一點。

他撫著皮膚防蚊蟲登入，天光下童玩設施略看得見色彩，被匡列在裡面感覺起著保護作用。這大概是畢業後第三次，一次他帶讀小學的女兒來看爸爸讀的小學，一次晚上來開同學會，在教室已經拍了很多，誰提議去外面拍，女同學馬上異口同聲說不要，問怕什麼的人一說出口便懂了，怕拍到不該拍的東西，形象像人又不見得是人的幻影，都是事後看照片才繪聲繪影。

操場內外揚起的草跟著他轉旋，跑道恍如轉盤，跑著的人越跑越小，宛如小童。太多童年童語遺落，變成某種不明飛行物體，有時會飛出來戲弄後來的他們。

攝影師說第二對新人好拍，意思就是長得好看，速戰速決，拍完照就沒他的事了，太陽下山時他人就在機場坐著了。他問主人有無私房景點，改口祕境，接著否定這些說詞，當我沒說，被這樣形容都沒好事。

隔天他們不約而同想在派對動物起床前做點什麼。攝影師讚賞客廳一幅畫與一面牆的比例，甚至是與空間、桌椅、窗戶的比例搭配，他時常在算比例以決定照片大小形狀以及張貼的位置，這得將人、物、景、構圖都考慮進去。

攝影師看他只管微笑不語，又瞇眼忽遠忽近東瞧西瞧，叫他「注意符號」，到底畫得好不好卻不置一詞真讓人受不了。這是過年期間妻子給女兒出的功課，女兒繪草圖，她來給色。妻子也曾給他出過這個功課，他沒當一回事，所以她到他面前說：沒想到我只講一次，她就動筆了。

攝影師問他，畫裡面那像體育館的房子在附近嗎？

他答：為什麼你不能想像呢！

還算能聊幾句，下午他帶他去竹排。

他車停向碼頭，攝影師一下車便雙手扠在腰上，嗅過才說：好單純的地方喔。

他點頭，嗯，他們的小學廢校好幾年了。

噢，可惜，那操場還在嗎？攝影師說話時看見了那座白房子，喃喃：我還以為這裡沒有民宿。

午後的陽光打在房屋側面，他以超然的態度告訴攝影師，如果你住的是這裡，根本不用走遠去找風景。

攝影師走在他前頭，手不離腰，一副勘景模樣，說出滿足帶路者虛榮心的話，光這面牆就夠我拍了，這種光線叫做璀璨，比燦爛收斂，真想把他們啪啪啪全釘在這面牆壁上面……

他放慢腳步，攝影師回頭尋他，他下巴一推，微笑無聲慫恿，你去，你去就好。

他打院牆外撫巡院子，他總是站在碼頭邊遠眺，首度走近，想把細節一次補上。他來回地反覆地低頭檢視環境，一副主人的舊情人模樣，在正眼時特別是望樹時內心微顫。樹離傍水的院牆還有幾公尺，風挺它們朝海濱的方向伸長，風也造就了它們驕矜的姿態，想要超越什麼的姿態。沒有一棵是他叫得出名字的，比起房屋，還是這些樹木親切，它們在他尚未到訪前已經透過其他人與他有了連結。

順著一截微坡他看見以前看不到的房屋東側面，這邊沒有西曬的樹，好像缺了一大塊，那比例大過於一個人缺了單邊手腳。剛開始他多少是為掩飾無聊而在這徒然磨蹭，分析著腳邊哪些是原住的濱海植物，哪些是人工所栽種，暗自佩服它們糅合的功夫，要不是也有一個庭園他怎會懂得，誰不及格誰又滿分，如果有人在旁邊一定得聽他滔滔不絕，讚美幾堆不起眼彷彿野生的枯枝敗葉起的點綴效果。從庭園過渡到荒原沒有明顯的分野，院線悄悄收編了他都沒發覺，好像染缸打破了向外暈開一片黃綠，更厲害的是如何維持這種現況呢？他懷疑他所認識的那個女人有此等美感和智慧。

剛開始他不希望攝影師太快出現，等到樹牆不再發亮，潮水灰綠走了一大段，他才恍然大悟，又不是小男孩，兩人之間並不存在等待。他氣呼呼地涉過潮濕沙帶，若這時那個人在後面喊，他會快跑不等他。一條魚被網，遲遲未被抓，漲潮掙脫出網，該慶幸才是。

他回到家，屋裡一股漂白水，新插上的百合在桌上漂出一瓣瓣白影，花香與藥霧互不相讓，他在客廳沒絆倒，走樓梯踩了個空，到梯口一停，細聽，女人笑鬧，當場決定再往上爬。屋裡剩下那兩個美得自自然然的女人，攝影助理和化妝師，他看得出來她倆是一對。

一窗夜光平躺在玻璃桌面上，他坐下來頭仰抵窗子，眼前現出造形的只有他打某嶼提回來的那兩隻鳥籠，他未開口，妻子先警告，千萬別養鳥！呵呵，可以當燈籠！

他撫著光滑桌面，冰冰涼涼很好摸，搓搓手指頭，沒灰塵？開燈確認，果然他的機房重地也打掃過了，屋子徹底淪陷了，到處是外人入侵的痕跡。這不是客房，一向不掃不鎖，她來打掃過應該知道，只為妻子給的那串鑰匙包含這一間，所以她進來打掃。也許妻子真有此意，不是懶得拔掉那支鑰匙。鳥籠身上細微的線條全是老師傅精心安排，整棟屋子全是妻子精心安排的替代方案配套措施。

他躲到這裡，又是小男孩心理，不想讓攝影師找到？燈打亮，遂也明理起來，別忘了你是民宿主人。他打電話給攝影師，為了留下紀錄，連撥四次，雖然時間上是晚了。

屋裡沒有聲音，醒在別人之前輕手輕腳走尋，每一秒都可能被介入，他討厭比主人早起的房客。昨晚聽到開門聲他終於能夠睡覺。攝影師有回來，鞋在。

喔噢，桌上的百合全開，老闆娘一不在，花店就打混。

有個晚上地毯鋪上花插好了，明早的旅客在彼岸忙備行李時，他倆能夠友好就這時，她總是問一個問題，然後分析，他沒想那麼多，她不說他還真不知道。你知道為什麼老是百合嗎？百合最耐最蓬最不會不開，最重要是一朵一朵來……說到底仍然是今非昔比遷就現況。她說，我是很能站在花店的立場，尤其這些花還是坐船來的，全開的花我不要，至少要有一朵含苞吧，我也不會去拿全未開的花，至少要有一朵開了吧，為什麼？呵，我甚至對花失去耐性了！全然等待跟全無期待都不好。

幸好今天拍照，等他們來了冷氣開了，能撐個一兩天吧，這花。

他從機場接回第二對新人，出門時尚未起床的攝影師三人已準備就緒等在客廳。他看攝影師只是多了些鬍渣。招呼打點完，攝影師在他推門時攔著他說：我昨晚還去你們學校跑了二十圈，一覺到天亮，幸好有那個操場！

他退回老家，和阿爸做同樣的事，吃中飯看電視打瞌睡。看遍所有房間，他踩上木梯，到了盡頭跪了下來，昏幽中懸著兩個顏色漸層，誘引他爬進去，不開燈也知道閣樓凌亂依舊，不開燈不知道那兩個燈罩多美，橙與藍的色階，一道黃昏的梯子，一道夜的梯子。一定是郭里仁帶給國賓的，她幫他織燈罩，但不幫他打掃。

他躺下去睡了一個好覺，睜開眼睛想起燈罩，最後在樓下最靠近民宿的房間午睡他都忘了。

等在門口的攝影師看到他馬上報告工作狀況，「今天的新娘」，攝影師這麼說，今天的新娘早上有點暈機，還哭了……他心想不會是懷孕吧……她們一個按摩一個講冷笑話，盡快安撫她，沒想到她那有點病懨懨的顧不得鏡頭反倒好，一般前面拍的都是要作廢的，她一開始就凝聚出那種感覺，這是人生大事，不是一般照相，我怕那種過份新娘的新娘，很表象，嘴巴說好，不要去大眾景點，過後又抱怨，這對新人看起來是真的不要，我們就在附近慢慢走慢慢拍，拍得很順。

作為民宿主人他只有在接送行的車內表現稱職，比如提款卡插進提款機，總可以操作精準愉快。

車到機場攝影師一瞥腕上的手錶說：Swatch兒童錶，出門工作我兒子就借我戴……

他不顧警察在前面趕車，緊盯著他，聽他說上一次也是唯一一次來島上是戀愛的時候，且是冬天，那時他們很喜歡這裡，一直說還要再來，這次接這個工作時他們剛辦好離婚，不錯了，戀愛三個月可以撐十三年，本來很不想來的……

聽到「那間民宿已經不見了」他蛤了一聲，攝影師說的是他們那年住的那間民宿，至於竹排村那間民宿提都沒提。

隔天早晨一襲婚紗出現在客廳，化妝師對著新娘動筆，呢呢喃喃：淡淡的就好，頭髮放著，不要梳……攝影助理叫她過去坐在那張酒紅色的小沙發上面，完全沒有要那所謂新郎的男子入鏡的意思。

一切看起來好像是臨時起意。民宿主人另一個局外人似的男子默默走到桌邊，摘掉枯萎的百合。

☾

他被陣陣鑼鼓吵醒，日已經暗，桌上空了的花瓶在顫抖。

村裡的窗門亮了，像打燈的鳥籠，他乘著宮廟樂聲穿行村路，感覺眾多耳目簇擁，平常不敢多看的窗門此時公然張望，籠裡有燈，未必有鳥，最後在林鳥啁啾的窗口站下，看他們如何使各式各樣的枯木發出聲響，光看便蹭得一身熱，感覺自己也在出力，額頭全是汗。門外漢的他覺得那個老師太吝於讚美了。他打西面窗瞧瞧，再繞行至東面窗，並未見到有十一、二歲的男孩。

窗口站久了，就有人在他耳邊說：可以去報名參加啊！沒限年齡！妻子不止一次鼓勵他去學點東西，這所謂的一點東西，要能日積月累，稱得上技藝上得了檯面，比如吉他、陶藝、木雕、書法、薩克斯風……漸漸她認清事實，跑步游泳騎單車，運動運動；再下去什麼稀奇古怪的戀物癖也好，描述民宿主人就抓住那個點，說得很神，變成傳聞。

離開鑼鼓喧天的窗口，走起路來有點腳不踏實地，身上掛滿叮咚鏘的器具，越過魚塭堤岸水聲嘩嘩，響聲不弱反強，行至學校這頭吸在身上的東西終於掉光了。

自從帶攝影師去跑過操場，他開始每晚走到那裡去，既不是跑步也不是散步，就是走，不進校園，站在路上望一望，持續幾秒，跑道完整浮現就退開，再待下去會有跑步的小童出現。圍牆雖然拆了，曾經築起圍牆的場域，那範圍隱隱猶在。他腳下的馬路，從前是海，馬路是更厚的圍牆。

「沒我也沒差，你們三個合作無間！」妻子一自嘲，他馬上中彈。她隔岸操控所有訂房事宜，揣摩主客之間的化學變化。「今天有一個客人重海鮮重質量，想去浮潛，周遊列島，聊兩句就覺得麻煩，怕你招架不住，沒有接。」

他調頭往回走，漏斗形的鬧熱聲把人放送出去，又把人吸進漏管，他遠遠見一個男人立在他站立那處窗外，從海邊回來他無法再接受那鬧熱聲，卻猛盯著守在風火頭那人，除了同樣有點年紀，一個圓的一個扁的，一個肉的一個柴的，不會是阿燦，但是高度差不多，終於看清楚，不是阿燦，又有阿燦那種瞇笑想發表意見的表情。

他接近前那人走開了，一隻手放在廟壁上拖著走，直走到廟不在旁邊才放下來。他靠過去窗口，阿燦也可能藏在宮廟當中吹奏某個樂器，剛好窗口看不到。看著看著渾身發熱一臉黏糊，眼前好像一口冒煙的爐。

這晚他在窗口遇見他姊夫，脫口而出並不大聲：怎麼好久沒看見阿燦？姊夫嘶啞著嗓子問他說啥？他放聲大喊：那個女孩子打得最有模有樣！各走各的之後，姊夫追上來告訴他阿燦這個人有多爛，連廟裡的東西也敢偷，猜他一定是借錢給阿燦或者吃了什麼悶虧不敢講。他怎麼說姊夫都不信，竟然冒出要我發誓嗎？

姊夫說阿燦摸走了那對有八百多年歷史的神筊，他再也聽不下去，除了阿燦在他心目中比誰都敬天畏神，他還要趕快去跟妻子報告這件事。妻子對宮廟改觀是從裡面的竹筊開始的，她偶爾帶個好吃的餅來拜一拜，不許他跟，他叮嚀點十一炷香，從天公爐開始逆時鐘方向每個香爐插一炷香，等香燒了半炷才可以去燒金紙，她乖乖在那裡等著香燒半炷，木雕的鑑盒虎爺土地公也都越看越可愛越看越有神。她說那兩瓣神筊形狀像「心肝」，想想看它原本是竹林裡的一顆竹瘤，被手拿捏滋潤得多漂亮，她是不信擲筊這回事的，但是哪天她要有個什麼事，也要把它拿起來向上一拋，看它怎麼說。該不會女兒的事她來問過神明。

關於阿燦，除了姊夫還有一個人可問，管區那個帥警察。

帥警察說前不久經過一個熱鬧場合遠遠看到一個背影很像阿燦，確實很久沒遇見他了，過幾天外婆村的廟整修落成，說不定會遇見「我們燦哥」。話題落到他們與阿燦的關聯，竹排那間民宿，帥警察再也不笑了，連說幾次，真的很傷腦筋。

他說，你最好不要一個人下午去敲它的門，會有天上掉下來的下午茶，精緻的成套的進口茶組，裝在玻璃罐裡的抹茶雪球，剛烤出來的蜂蜜鬆餅，都說是看食譜學的，請人幫她試味道，你一開始讚美，她就哀嘆自己不是經營的料，傻乎乎說出一個低到嚇人的數目字，聽的人不是心動就是替她心急，又問你這個價錢合不合理，她沒概念，這是她爸媽生前蓋的，現在有一個本地人一個外地人想買，一個要做民宿一個要做別墅，然後她會讓你一個人上樓參觀，幫她評估評估，你下樓的時候她已經在沙發睡著了，如果你沒有悄悄走掉，就一定會跟她跳舞，一跳跳到天快黑，這段時間如果有電話或有人來敲門，她完全不理，拉著你去躲在落地窗簾後面，裹著窗簾問你要不要留下來晚餐，如果你在燭光下，她做的手工蠟燭，吃了她做的青醬義大利麵喝了白酒又不肯留下來，她會送你出去，陪你看一下海，說要用你的手機幫你拍一個你看不見的風景，趁還有一點天光，拍了一張，突然用力把你的手機丟到海裡，你叫，她叫得比你還大聲，告訴你她也嚇到，不知道為什麼會這樣，退潮還有可能摸黑找，漲潮丟進水裡還安慰你說明天幫你找，現代科技進步，泡個幾年也沒事，有人想說好像丟不遠下海去撈，來報案時衣服褲子都濕了，有人真等天亮退潮跑回去找，能怪誰，怪自己鬼迷心竅，她說她失手，去告我，把我抓去關啊，男的女的都上當，夜路走多了早晚碰到鬼……

他目瞪口呆聽完，苦笑說：怎麼會這樣……枉費她院子花草樹木照顧得那麼漂亮，怎麼會是這種人？

警察說才不是這麼回事，那是因為有免費的志工，聽說是她姊的青梅竹馬，在幫忙打掃屋子整理院子，那也是個大怪咖，一切都不勞而獲，不勞而獲就會變成這樣。

他喔了一聲，說：實在好浪費喔，讓她住在那邊。

第十一章 風水擇日

躁雨躁雷轟隆隆，她站到落地窗邊，感覺玻璃燒起來，哄人睡一下子的烏陰天雷聲雨聲原來不是真的。

行過電梯，她站到體重機上面，卻顧看走廊黯淡那頭，有一個人鋪一地青青趴在上面抬腳練功。

再回來，她遠遠看著西照日的窗廊邊兩個人像草蜢一樣跳來跳去，靠近點，聽見她們在叫：直升機！阿帕契！快點出來看阿帕契！

一個人從房間衝出來，更加大聲：真的耶！阿帕契……連續好幾個人臉貼過去，窗子像一支透明玻璃罐傾一邊去。

直升機是一座放在輪子上的瘦碉堡，停在那好像隨時會被躁白的水泥大地吞掉。沒看見有人被抬下來，大家都在問，它來這裡幹什麼？

她也湊上去時看見那個女人，那個女人眼睛碇在她臉上，正當白日熊熊那個臉猛烈、凶殘，日蟲在爬，蛀了好幾孔黑黑的。好在她已經看到阿帕契了，那個女人對她笑，她假裝沒看到，扭頭就走。

她開始擔心遇到那個女人。一看就知道，她跟那個女人是這層樓最老的兩個看護，兩片葉子在樹頂沒排作伙，掉落地上一看就知道是同一棵樹下來的同一批葉子，特別容易對應到。

日晝時整排房門都敞開，那個女人來找一個叫她敏豆姨婆的女孩子，一見面就站在門外咯咯咯笑得哪像個長輩，開始說話笑得更凶，說我好沒頭腦，房號一下子就忘記，一間一間去給人家探，最後還，走錯房間，拍錯肩膀……笑到咳了起來，女孩子連聲說：要不要喝水？突然聲音拔高：敏豆姨婆，喔我不敢吃釋迦啦，真的……連說好幾次真的，不只姨婆，大家都想知道她為什麼不敢吃……就名字聽起來很恐怖，不是因為釋迦摩尼，不是因為結痂，就聽起來就好像有罪，坐牢那樣……姨婆又開始笑了……長得又好像癩痢頭，蟲一條一條白白的在那裡蠕來蠕去阿嬤還在吃……姨婆饒了那女孩，說要帶她去看釋迦長在樹上的樣子，以後就不會怕了。

再回來，床邊多了新品種，像是鋪地墊拉筋那個、怕釋迦那個，年紀輕輕，比外傭還輕的本地小孩。她那間房也有一個叫童童或同同的，她以為是床上病人的孫，聽她跟探病的人聊了很多還以為。有人問她怎麼會來做這個，她答最危險的地方就是最安全的地方，她覺得待在這裡很好，幾天幾夜與世隔絕，像搭郵輪出國旅遊，她不覺得被關住，反而感到自由，看醫生護士好像燈塔和海鷗。他們懷疑她力氣夠嗎，她說她有上健身房。

這女孩子不用打點人的時候手都黏在冰上，烏烏暗暗一個人在冰宮滑冰，她看她在過彎在加速，肩膀腰身傾著扭著擺著，時不時發出一點呻吟，有各種程度的爽或不爽，只有她一個人在意。

也只有她相信她說的，我很自由。一個探病的人手一直背在屁股後面走來走去，可以當女孩子爸的人，聽她這麼說，嘴巴咋咋：不止啊自由！不止啊自由！

她不打點人的時候就不知要幹麼，她的手機不會製冰，她也不會滑冰，不知不覺摳一下這顆鈕扣，摳一下那顆鈕扣。她帶來針跟線以防萬一，她牢牢記得上一次，最後一次，在這裡的時候有一顆鈕扣掉了被護士踩到，她還拿去浴室用肥皂洗，那一掉抓不到針線害她心亂操操。

出門前她每顆鈕扣都鞏固過，一顆一顆炯炯有神臉朝上。那針跟線隨主人出門，朝思暮想就想挺身而出，巴不得咒掉鈕扣，唯有幫鈕扣和扣眼恢復肌膚之親，它們才能有肌膚之親。穿針引線會刺人穿人，有些人忌諱，她問阿芝掛在衣櫃那件外套鈕扣都垂垂的，要不要縫一縫？阿芝說不用啦……闔眼躺著的阿嬤說縫啦，伊閒閒在那。她把線抿濕，用手搓捻，穿了好幾次才穿進針孔。

阿芝找她來照顧她姨婆，阿芝竟然能記得她，記得她專門看顧換腳的女人。阿芝幫媽媽拿血壓藥回家，出門時三心兩意，車騎到橋上吼風搧一下，想不到進到村子才自摔，謝謝她幫忙扶起機車時咦了一聲，你好面熟喔！喔！你是不是有去海軍醫院……她當場好像做賊被逮到一樣支支吾吾。

前一日早起氣象局發布海上颱風警報，家裡的事很煩，她眼球已經腫痛三日，雖然常常眼睛痛，但這次感覺是整個眼球痛，脹大，轉不動，加上喉嚨有一口惡痰愈卡愈緊，真想吶喊。她不知道如何改變現狀，來一個風颱也好，至少熄掉太陽降溫降火，若停水停電烏天黯地，不用煮三菜一湯，吃餅乾也是一種改變。它落跑了，隔天中午警報解除，可能因為這樣，她決心去醫院住幾日。

她一來就把病房浴室全部洗一遍，年輕女孩跑到外面炫耀，我們房間新來的阿姨人好好，浴室刷得好乾淨。阿芝安排她們在靠近門口的床位，走廊上的話，她都聽見。女孩子嘴甜，每次要去倒開水就問阿姨要杯子，她都說還有水，自從看見那個女人，在滾水流進杯子的時候她老感覺背後有人，有一次還不小心燙到手。她學著把杯子交給那個女孩子，不要吩咐全熱的。

她在等水的時候，那個「跟一首歌談戀愛」「跟一首歌訴苦」的小姐消失一天之後，又帶著那首歌從門口晃過去。長髮披肩戴眼鏡外套繡「28」的小姐專程飛回來陪媽媽動手術，情緒非常不穩定，一天好幾遍，走出病房講電話，每次都很激動又壓抑，恨不能痛宰誰，一收話就用同一支手機播同一首歌，下巴往前推向著廊窗，好像想要看清楚玻璃上是不是爬著雨水。她就站在她們看阿帕契那裡，經過的人都不敢大聲，好像是用生氣換來的一首歌三個唱法，一唱完立刻切掉。

外頭有人發現不對，帶著一首歌的女人不是已經出院了嗎？誰啊？誰去下載那首歌啊？百聽不厭啊？拜託喔！

他們講到在同樓層住院的人好一家親，但是他一不在這裡，無論生死一定是隔離完畢逍遙去了，有人巴不得馬上清除所有記憶，有人默默延長了他的保存期限。

她也喜歡那首歌，是鋼琴和吉他嗎？鋼琴聲像不鏽鋼的針亮亮的，吉他是一條條的線，簡簡單單彈出來，口哨聲又更簡單，誰都聽得出來，以前她阿爸和哥哥常常在田裡吹口哨，有時吹的有歌，有時沒有。那首歌第一遍男生吹口哨加清唱，第二遍男生和女生合唱，那樣子好像在試彈練唱，女生唱錯笑出來也沒關係，還邊唱邊笑，第三遍女生用哼的，有曲調沒有歌詞。除了英文歌詞，其他她都聽得懂，這三種唱歌方式應該就是愛情。

「手術後第二、三天可以起床練習站立，站立前應先坐於床邊，若未感頭暈再予站立。注意患肢不要使力。」

「人工膝關節置換術病人護理指導」她一看再看，「健側肢」、「患肢」、「健側」、「健肢」、「患腳」、「健腳」，她看得霧煞煞，總講一句就是，好腳跟壞腳，那麼多叫法，好像一隻豬被宰了，各種部位名稱才區分出來。

再坐下去，已經不分了，兩隻腳都快變成患肢了。她走過去讓鐵船似的體重機有事做，抓住晚餐前做幾分鐘瑜伽的人可能出院了，不見了，「瑜伽」也是聽他們說的，如果釋迦聽起來恐怖，那瑜伽也好不到哪裡，「枷」這個音就是監獄。

堤岸另一頭有一座冰櫃，窩在冰袋底下一個白色杯子紫色蓋子是阿芝給她的冰淇淋，她三番兩次來用眼睛吃冰淇淋，當她翻遍冷凍庫找不著它，本來有要生氣，凝結了幾秒鐘，算了，就像眼前這些冰袋被掐成什麼形狀就什麼形狀了，跟誰討呢。回頭，那個女人手捧著東西對她深深一笑，她回了一個對誰都一樣的微笑，嘴再咧開一點比較開心，免得好像現在換作是她需要同情了。

她覺得自己有進步，有參考別人和藹可親的模式。哪知那個女人追上來，往她手裡塞個冰涼的東西，她立刻甩開，那手感像人家塞給她什麼凶器，滾落地上才看到，是個青色的蘋果。

她看顧的那隻腳艱苦的時陣差不多快過去了，一隻耐操耐磨的腳，離開山跟海還未多久，還未乾枯，還有日曬，躺在那聽主人講它的歷史。叫床上阿嬤一聲阿姑的女人，看到膝頭綑一球頭殼大，笑著對孩子說，難怪人家說用膝蓋想也知道，阿姑，你可以開始用膝蓋想了，海恐怕是不行啦，還想回田裡去咧它！

免分擔人跟腳的痛，她像一個又一個被移開的冰袋成群癱軟下來，不敢相信自己粗魯成那形，那個女人笑笑將那個蘋果撿起來說：會滑咧圓滾滾！她想幸好不是釋迦，釋迦掉落會整個散體。

一直到今年她還曾後悔過，那天下午不應該認真聽隔壁床那個女人訴苦，可憐的女人在找一個人允准伊離開病院，她被找上了，傻傻的答應了。誰比她更了解那個被丟在床上的男人罪有應得，不是幾暝幾日，是一分鐘又一分鐘讓她見識到一個男人霸占一個女人有多可惡，那個女人早晚會丟下他，跟隔壁床的看護打過一聲招呼沒有太大關係。

天正在暗，暗得蒙煙散霧，裡面叫天天不應叫地地不靈，外面聯絡不著病人家屬，白衣天使踵來踵去，震動起來像象在跑，此邊山一聲高，彼邊山一聲低，忽然間她們好像都很了解，病人的妻子受盡折磨，想不開也是應該的，她聽見有人發動探看有可能做那種事情的角落，裡裡外外的洗手間、樓梯間、檢查室，小聲的說，還有佛堂。

她動手整理行李，旁邊那對病患夫妻空著的床位好像被裝在一大個透明塑膠冰袋，涼煙飄散。隔天上午若不是她照顧的肥嬤嘴動腳不動，她可以快點出去，就不會聽到昨晚送下去急救的那個女人的丈夫死掉了，她的腳拖著，沒人提起他一走了之的妻子。

都怪他自己，三更半暝一直亂譙，睏得像死人的妻子沒一點反應，她兩手摀穿了耳朵，火大差一點衝過去掐住那隻嘴。不過那個絕望的日欲暗，她慈悲為懷絕對沒對他怎樣，但她常常夢見她走過去動手讓他消失無聲，夢到她都懷疑自己真的做了，那天阿芝認出她時她想這下逃不了了。

她動手整理行李，把明天要穿出院的衣服留在衣櫃內，長頭腦的患肢有一種劫後餘生的平靜，她也是。

清早她起來上洗手間走路歪歪顛顛，想起半暝起身也是這樣抓不穩路，心裡突然好害怕。她用力深呼吸，慢慢推開眼皮，剛才整片移晃的簾幕稍微停止，猶未安定，她的頭和腳像似在一塊浸水發草的沙土上搖啊搖。她伸手摸手機，開機，打一通電話給阿爸。她抿著嘴，雙手雙腳像兩支竹竿，兩頭有人抓著在搖，她用力掙脫起身嘔吐，床上的阿嬤啊呦啊呦叫，隔壁床女孩子叫阿姨阿姨，把床下白色便盆抓到她面前。

女孩子出去討救兵遇到了敏豆阿姨，敏豆阿姨到她床邊來時她吐得更厲害。護士吆喝趕快找阿芝來啦，阿芝有班嗎？阿芝認識她，她是阿芝他們村子的人……

☾

一間沒有主人的屋子怎麼住心內就是不踏實，這麼多年來她第一次想給以前的房東太太打個電話。沒有繼續往來的意思，她走的時候只留了老家地址，騙說沒電話，因為是外島，房東太太也相信。

頭殼裡的電話號碼沒生鏽，立刻接通浮島底下那棟公寓裡的房東太太，一點兒長期隔離的感覺都沒有，房東太太馬上向她控訴起郵局有多惡行。

上個月底她寄了一個小包要給「以早租我樓頂真多年一個足單純的查某囝仔」，房東太太跟多少人告過狀，固定用這句話形容房客，說給這個房客聽也不省略。過一個禮拜郵局通知她那艘貨船沉了，小包裹每個賠償一百六十八塊，還要拿證明去櫃檯辦理。為了更生氣，自己承認之前寄給舊房客的那些都是「菜市仔貨」，但這次是一條金項鍊，都不敢跟別人講，講也沒人相信，鬼看到，哎，還有三歲時姑姑送的一塊當見面禮的玉墜子，小是小，真保佑，你若是記智好，一定有看我戴過……講講咧，想起這個人一走就沒再來，連一通電話也無，「從牛年到牛年」，真的都沒來，還是有來沒來看我，若不是遇到你小妹，哪知人早就返去庄腳……已經夠哀怨，再說到拖著不肯搬家不肯開刀的兩隻腳，真的是生離死別非哭不可了。

既然自投羅網，她安慰說，你可以來我們這裡開刀啊，這裡有一個簡醫師大家都說他人很好……屋子馬上迴盪笑聲，房東太太說，笑死人，人家都是庄腳來都市動手術，還跑去庄腳開刀咧！我就講，我這個房客足古意！

這屋子真的沒電話，有一支空殼電話沉在電信局收買的天空底下，她打電話給阿爸時都去站在它旁邊，充電也把手機擺在同一個桌面。

房東太太一兩日就要打個電話聯絡感情。聽舊房客說開刀時願意去醫院看顧她，做了一輩子房東沒有什麼比這個更值得安慰的了，雖然說去鄉下動手術是開玩笑，但是她總可以像拔釘子一樣，一天兩天三天慢慢地說動這個單純的人講話算話的人，再回到她曾住過二十幾年的所在。

這個提議她一開始覺得不可能，沒事想想，那就順便去看病去看阿爸，出發點跟所有的外島人一樣，她離開家時也跟阿爸一樣把重要的證件全部帶在身上了。

她什麼都沒說，也沒再招她來這邊找醫生。房東太太不敢得寸進尺，怕失而復得的好房客又消失，想那些有大愛又醫術高明的醫生不都是在偏鄉行醫，那是庄腳人的福氣，雖然醫院設備差一點，便勇敢假設，先你那邊動一腳，再我這邊動一腳呢？聽起來好像挺公平的，但那是拆腿，劈腿，她說那要問醫生。

有了房東，她心較安穩，有一個人在耳孔內出出入入釘東釘西，人也比較不會晃來晃去。出院那一早忽然間天旋地轉，在阿芝出現前，都是她們叫敏豆阿姨那個女人在照料她，那個女人不是當年那個可憐的女人，也已經不是一般的看護，問病、就診、護理、調度一把抓。她打了止暈針吃了藥，那一昏睡是包山包海好睡歹睡通通都來。她稍微有知覺，聽著，阿芝說，看她這樣，我本來還有一個病人要介紹給她……哎呀，這沒啥，就是身體要作弄你一下，你就乖乖躺平給它作弄一下，我暈得不要暈了，兩三天又活跳跳……講話的是那個女人，幸好她這樣跟阿芝講，不但表示她會好起來，而且能工作。

隔天早上敏豆阿姨等病人出院後，把遊眠不醒的她挖起，一起坐上計程車。路上怕她吐，那個女人帶一大個塑膠袋，一直發出一種像蜻蜓被抓住的擦翅聲，她整個頭一直脹大懸著，兩眼暴凸，要緊緊的蓋住眼皮和嘴皮才不會有東西跳出去。

看似很體貼又總是刺激到她，那個女人沒讓司機開到門口，雖然只是一截子路，她在太陽底下，好像兩個膝蓋同時被剖，魚一樣沒辦法走。她被帶到一座硬骨頭的沙發人傾了過去。不知過多久，她聽到那個女人在笑說，看你歪那樣子！那個女人老是一副見過大風大浪的扮勢有夠討厭。她扭轉身軀，壓擠著旅行袋，兩隻手抬高叼住椅背，臉藏在還有病院冷灰味的袖彎，人才不會一直沉落。

那個女人一直在打掃，一下子搔這邊，一下子呼那邊，滿四界翻動，一下子這種話，一下子那種話，病院外的她像一隻快活的無頭蒼蠅，有時不是亂嗡吟；她聽著，她說：人就是懶，又怕人家講話，想把這裡清一清，來住一住，心也較清，一直拖拖拖，厝沒人住，就像人沒呷飯沒元氣……長短水流，輕重刷磨，灰塵和水腥和舊抹布味，她用手機叫一桶瓦斯，該報地址的時候突然反悔，說不用了不用了。

那個女人走後，濺咀咀，靜得不像白天，她手放下來，頭枕著旅行袋補破眠。

那個女人拿來電磁爐、洗衣粉、香皂、牙膏、衛生紙，問她還缺什麼，吩咐冰箱已經插電，放了一些吃的在裡面，電鍋、水壺、水杯、衣架都好好的可以用。

不說一聲就離開，不說一聲又進來，那個女人問她手機號碼，她懊惱讓人家看出她不想回家，這又讓人家看見她手機爛得開不了機。那個女人出門左轉，差不多醫院病房最左走到最右，來回四五遍的時間，拿來手機和充電器。

這裡至少有一件事使人安心，無神像也無神主牌，連香爐都請走了，一頂佛桌空空像一座高架橋，又正又直很穩當。她兩手虎口大張拇指抵住後腰，詳細看這間無主的空厝，當她拉開脖管子，感覺高頂扇葉在動，趕緊將眼睛放落，感覺土沙粉比吊扇還厚重。

那個女人幫她整理一間房，不過她寧可睡沙發，好像睡在一隻沒什麼肉的動物背上，她的背跟它能合。去推開其他房間，看床是平的，又不太平，想床裙底下的床墊有多厚時，一個心卟卟跳。自己家有那麼多空房，她又是從病院來的，有什麼好怕的。沒事做才真叫人害怕。天一黝黯蟋蟀跟那啥米蟲就唧唧唧嘓嘓嘓嘓的這邊一唱那邊一搭，感覺這有夠大有夠闊，還可以讓很多人住進來。一邊無聲，另外一邊也跟著啞了。低沉的濤鳴聲忽遠忽近。大部分的時間都好靜，靜到……好像沒有時間……電話鈴像子彈打進來。

房東太太白天講一回樓上房客壞話，晚上又來找，她耳朵射向對岸，手扛著電纜停在海中央。房東太太兩隻腳癱在床上，講怎樣被「現在這個房客」氣到，「我是看他那麼老還要出來租房子，可憐他，他還不鳥我！」她默默在想，到底有多老？把「他還不鳥我」聽成「他還咬我」，逗得房東太太咯咯咯，一直說會害我笑到睡不著。

燈全熄了，是不是屋頂破孔，月光漏進來，眼皮亮亮的。她日時練習閉著眼睛走，日暗也練習閉著眼睛走，行過一間厝又一間，一塊地又一塊。

那個女人給她帶來幾個便當，晃著一支剪刀，還有一件像雨衣的黃塑膠，說要幫她弄頭髮。

她扭過頭去說，你這個人怎麼這麼雞婆！

嘿我雞婆！雞婆明天要去工作了啦！來，坐茶几這裡，高度剛好，來啦！

她坐正，支著頭殼不動。太過濈靜，鉸頭毛的沙縭聲變得有夠大響，厝間都起回音，若海水湧上沙灘，沙沙沙，入聽入愛睏。以前房東太太問她，怎麼能在屋頂摸那麼久？她也想問，怎麼能剪那麼久啊？一支一支剪？到底要剪到什麼時候？犁完田，籽種落，睡好幾覺，種籽都發芽了那麼的久。

終於她又開始笑了，因為曾經把孩子的耳朵剪一裂，從今以後拿剪刀，嘴得用線縫起來。她說，下次再幫你染，催她，去照鏡。

她不想照鏡，但是摸到額頭刺刺，往那咬滿雀斑的鏡一看臉都黑了，氣噗噗出來瞪眼說，幹麼給我剪瀏海！

一點點而已啦，這樣比較輕啦，喔，你不喜歡瀏海，年紀比我小的人我都喜歡看他們留瀏海，你剪這樣阿芝都不認得了……

我幹麼要讓阿芝不認得，雞婆！

好心去給雷親！明明就很好……

癢來癢去是要怎麼做事……

就跟你講這樣比較可愛，不要那麼古板好不好……

剪過頭髮，房屋就一直凝結在剪頭髮時的安靜和之後的鬥嘴，不會再更靜或更吵了。

她出去工作，不再三不五時上門，她才真正放鬆。她從冰箱取出她拿來的一把自己種的九層塔，都已經摘揀好了，她又罵了聲雞婆，塔葉裡住著一隻小蝸牛，一路爬上天花板沒回頭，她盯著天花板不會搖來搖去了。

最黏膩的時候她提著那隻蝸牛幾片葉子出去，站在門口盯著藍底白字的門牌地址直看。她在附近遶來遶去，其中一定有一間房屋是那個女人跟她死去的丈夫所住的。一間古厝還是古早時代用石頭仔砌的，門開開，來不及閃，一個女孩子從裡面追出來，問她是不是敏豆仔的朋友，厚片瀏海，跟敏豆仔同款的面框跟雞婆型，老的看起來刮痕多蛀孔多，笑起來也好像要哭要哭的，小的古錐古錐，嘴笑目笑，蝸牛也是這樣，小時候比較可愛。

「……村裡本來就不少空屋，被那台飛機那麼一親，你知道嘛，就更多了，有幾家交代敏豆仔幫忙看頭看尾，我這間也是啊，好奢侈，一個人住這麼大間，要不是有這間豪宅，我也不會回來，敏豆仔那種傳統得要命的女人還在跟兒孫、媳婦一起住，住到喘不過氣來就說要去醫院度個假……」

女孩子不放過她劈里啪啦講不停，她想起那年隔壁床的男人有個女兒來探病，包包斜背，都不講話，她媽媽說她帶來爸爸最愛吃的麻糬，還分了兩個給她那一床，是同一個女兒嗎？

她被拉進去看她製作的手工藝品，她說做這些其實賺不了錢，想把房子分租給想住老房子的同行，又怕事情變樣，由奢返儉難。

「這些都是我發想，多才多藝的敏豆仔幫忙代工的，哈哈，我媽做得比我精緻，被讚美的大部分都她做的……」

女孩子終於叫了敏豆仔一聲媽，接著得意洋洋的介紹她做的「折行書」，問她有沒有看過牛耕田？牛走到底，轉個彎再回來，這是牛的書寫方式，一行往南再一行往北，跟人不一樣，雖然網路上都有了，希臘文早就有這個字，但是我是真的看牛耕田得來的靈感，那邊有一個大叔常常在那邊耕田，我做了兩個版本，一種是ㄅㄆㄇ，一種是小花草……

她一點都不需要這些東西，不管再可愛，貴得超乎想像，但是她得還人情，又剛好把錢帶在身上，掏出錢來買她一本取名「浪蔓」的什麼折行書，附贈一張手繪書籤。女孩子看她對著書籤發楞，問她看得懂嗎，想解釋給她聽，她趕緊把書籤放進口袋。

女孩子猶未滿足，讚美她身上的鈕扣，還想討一顆，說有個朋友專門找這種老扣子來加工裝飾，變成一枚戒指戴在手上更有價值。好久沒講話，她講起話來顫抖，那是他家的事，鈕扣就是縫在衣服上面，要拿刀割下來啊？女孩子連忙撒嬌打圓場，噢，是啦，鈕扣是鈕扣，戒指是戒指，鈕扣有鈕扣的靈魂，它不一定想變成戒指。

飛機在天頂轟嗡嗡，她看地上的草一叢一叢粗絨絨，走尋到一蓬青泠泠就把小鍋牛放下去。竄在破房子裡面的樹跟草特別幼綠，但是那一筐草總有一天會吃完。

村社外圍是耕地，田野外圍是海，田地上房子，海岸邊也房子，一看不到房子就看到一隻牛塭在空地上，一隻老佝佝的牛，相隔不遠有一塊田，犁行整齊凹凸分明，土一壟一壟直紋紋，牛剛寫好，女孩子口中的折行書。

天欲暗，一個行路跛跛的男人來牽那隻牛，牛站起四隻腳高高，像一頂被蟲蛀歪來歪去的佛桌，跟牛行做伙，那個男人腳就不怎麼跛了。她一直看看看，看到他們消失在社區裡，舉頭在一頂佛桌一隻牛底下天更昏暗了，她追著飛機光點直直行，留在原地沒在動的是星星。

隔日一早天頂土腳都還未有動靜，她眼瞇瞇提著旅行袋和垃圾從佛桌和牛的肚子底下穿過去。一個鮪魚肚的男人站在一車魚旁邊抽菸，看著她悶悶地笑，彈著菸灰說，沒七點十分不行放送賣魚，有人會去報警，看這樣，青跳跳活靈靈的魚在這一分一秒等七點十分，這是啥米道理？你要去哪裡，我來幫你叫車。

車一下子就來了，魚販一面跟司機打招呼，一面跟她說再見。她喜歡這個村子，不用她開口，一切都很順利。

☾

她來到海軍醫院，一直沒遇到敏豆阿姨，一直以為她在別樓，聽他們聊天才想到，別樓還包括天主教醫院的病房，其他療養院。這一梯次大多是外傭來陪病，那個一直聽同一首外國歌的小姐也帶著一個外傭回來了，講電話不會再激動，有點失魂落魄的站在那裡對著玻璃窗聽那首歌。

她照顧的阿嬤是那種呼天搶地型的女人，她挨著忍著愈聽人愈虛，聽伊唱哭調：生兒嘛沒這痛，另外一腳不要開了，打死都不要啦，騙人醫學多進步，痛一個半死……醫生護士來的時候叫得愈大聲，阿芝在門口冷笑說：每個「都馬」說另外一腳不要了，明年「馬都」一個一個乖乖回來開另外一腳。

隔壁床的病人不知道是受不了這個老阿嬤抑或是個啞巴，布簾都遮密密，一句話也不哼，叫人簾布拉緊或拿什麼東西都用手比，她無意中瞄到床上兩頭膝蓋都有動過置換關節手術的疤痕，長長的兩大條。

她提著旅行袋沿著窗廊走，停下來俯瞰地面上的計程車上下客。醫院大門開在風口，起風時來一個老人搧倒一個，那個圓形的斜坡不好走，她看過一個阿公很靈活，不等人家來扶，撲倒馬上用兩隻手支起來，那樣子做狗爬反而難看，還當場手骨折，旁邊等車的人都在討論要怎樣閃風，順勢傾落較好。現在才幾月，已經有人歪倒了。她瞇著眼睛向上望，天空靜悄悄。

站久了她的腳沒辦法移動。有個護士小姐換上便服也向樓下探頭，問她是不是要去機場，要不要一起搭計程車。

她到門口才知道已經起風了。

這個護士習慣別人坐在她左邊，她一路上都坐在她左邊；又習慣坐靠走道，所以她坐窗邊。護士拉開口罩往裡面倒進一管沙沙的東西，然後是顆粒狀的東西，繼續東拉西扯，享受離開的自由。她也在享受前所未有的自由，臨時起意跑到機場，馬上坐上飛機在天空飛。護士說有時她會和一個帶孩子去找爸爸的護士一起飛，兩個人連下飛機都順路，有一次竟然一個不找孩子的爸，一個不找男朋友，兩個人就一起吃喝玩樂三天兩夜，把卡刷爆……

她分了神再回來，護士切入一個話題又一個，好像照顧完一個病患又一個，她懷疑自己不知不覺一直在回話和請問，像在病房那樣，護士高於看護，看護得聽護士的話，兩人因病連結。

她看著窗外，跟隨那像鹽堆的雲，天空好像一片上升的海岸，她微仰起臉，看有限的更高的天空，壓迫感並未減輕，一張臉扭在她右肩上，說著說著終於也沒話說了，靜靜的目光穿過她探看冰藍的窗外，她感覺到胸口和羽毛在起伏，不敢動，怕一動，旁邊的企鵝又變回人。

她從口袋拿出書籤，默默看了一遍：

「飛翔

是一隻在自身周圍

織了一堵絲綢牆的毛蟲

所得的獎賞。——阿巴斯」

護士將書籤抽過去看了一看，說：「這什麼鬼啊！」

風把飛機送到彼岸就消失了，這種差別是她熟悉的。她來到那有一座磨石子的大象滑梯的公園，已經快傍晚了，感覺大部分塑膠製的遊樂設施都燙傷那樣的起著水泡，一種煮塑膠烘塑膠的氣味，一層口罩根本不夠用。

在一群沒有幫傭純在地老人中，她聽見海口腔，有人把褲管捲到露出膝蓋，還把那隻腳縮在椅子上，坐相最斯文穿著鞋子那一個有像她阿爸，但是他戴著一頂帽子，又都不出聲，她不確定。

她一直等等等，等到他們散會才慢慢跟上去，跟跟跟，跟到她認為是阿爸的人停止碎碎哼歌回過頭來。其實聽他哼歌她就知道不是了。

她在附近遶遶遶，也看到長得好像她妹妹的人，還有一個新的公園，裡面鋪設軟墊，滿是塑膠玩具，但是有一個沙坑，沙一點起伏都沒有。也許阿爸是來這個公園。唯一正眼看她對她笑的是一個走不太動的阿嬤。

房東太太沒問誰來，直接把門按開。階梯上有一堆一堆深色的東西，在一樓時她避開，到二樓她低下頭來看好像是泥土，到三樓她用腳去磨開，真的是泥土，一路向四樓爬升。她聽見房東太太在頂頭問：誰啊？誰按四樓門鈴？她不知道自己來這裡做啥，趕緊掉頭下樓。

這也是她從未做過的事，自己一個住在旅舍，想拿出旅行袋裡的刷子抹布把浴室房間稍微清一清，消毒水噴一噴，身軀卻沒辦法動。她閉著眼睛躺下來，不知道過了多久，身體都冷了，伸手摸到更冷的旅行袋拉鍊，把負離子被拖出來蓋在身上。她用最後一點力氣起來熄燈，摸黑撥開窗簾讓天光透進來，窗外不遠的屋頂有一個月亮，照見一森森黑影，一座座浮島，冰涼的玻璃被臉捂熱了，她拉攏窗簾回床上躺好，卻怎麼也睡不著。

文學叢書 696

魔以

作　　者　陳淑瑤
總 編 輯　初安民
責任編輯　陳健瑜
美術編輯　黃昶憲
校　　對　吳美滿　陳健瑜　陳淑瑤

發 行 人　張書銘
出　　版　INK 印刻文學生活雜誌出版股份有限公司
　　　　　新北市中和區建一路249號8樓
　　　　　電話：02-22281626
　　　　　傳真：02-22281598
　　　　　e-mail：ink.book@msa.hinet.net
網　　址　舒讀網http://www.inksudu.com.tw

法律顧問　巨鼎博達法律事務所
　　　　　施竣中律師
總 代 理　成陽出版股份有限公司
　　　　　電話：03-3589000（代表號）
　　　　　傳真：03-3556521
郵政劃撥　19785090　印刻文學生活雜誌出版股份有限公司
印　　刷　海王印刷事業股份有限公司

港澳總經銷　泛華發行代理有限公司
地　　址　香港新界將軍澳工業邨駿昌街7號2樓
電　　話　852-27982220
傳　　真　852-27965471
網　　址　www.gccd.com.hk

出版日期　2022年 12月　初版
ISBN　978-986-387-620-5
定　價　360 元

國家圖書館出版品預行編目資料

魔以／陳淑瑤著 --初版,
新北市中和區：INK印刻文學,
2022. 12 面；公分.（文學叢書；696）
ISBN 978-986-387-620-5（平裝）

863.57　　111017492

舒讀網

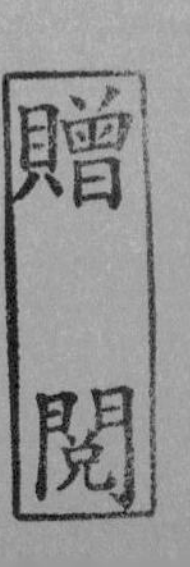